KB077879

너는 사랑을
잘못 배웠다

너는 사랑을
잘못 배웠다

김해찬 지음

시드앤피드

우린 그래도
사랑을 하고 말 것이다

1.

사랑을 미워합니다.

사랑하기 위해 하는 사랑은 저에게 무의미했습니다.

하지만 사랑을 미워함에도 불구하고

피할 수 없는 사랑이 있었습니다.

우리는 사랑이 온전히 사랑일 수 있도록,

사랑을 미워하는 법도 알아야 합니다.

2.

사랑에 빠지면 도망갑니다.

사랑하지 않기 위해서.

그런데 숨을 헐떡이며

제 뒤를 바짝 쫓아와주는 누군가가 있다면

주저 없이 사랑에 빠집니다.

용기 넘치는 그 눈빛이 너무 아름다워서,

삶을 망치러 온 구원자일지라도

그저 순간에 몸을 맡기며 매료돼버리고 맙니다.

3.

눈을 번뜩이며 사랑한다고 말할 수 있는 그 순간까지

온몸을 불태우며 사랑할 수 있는 순간까지

육신 속을 전부 비운 다음 그 사람으로 채울 수 있을 때까지

온 세상을 뒤져서라도 그 사람이 사랑하는

꽃 한 송이를 찾을 수 있을 때까지

우리는 사랑을 하고 말 것입니다.

4.

잠이 안 오고 이부자리를 뒤척이는 밤에는

주저 않고 사랑하는 사람에게 달려갑니다.

보고 싶은 마음을 참지 않고, 사랑하는 마음을 숨기지 않습니다.

떠나는 사람을 힘껏 붙잡지만, 떠나갈 땐 주저하지 않습니다.

사랑하는 법과, 사랑하지 않는 법을 늘 가슴속에 새깁니다.

5.

우리는 꼭 사랑하지 않아도 괜찮다.

외로워도 된다.

홀몸을 부둥켜안고서는 침대 위에서

세상에 홀로 남은 것처럼 끅끅거리며

눈물을 흘려도 좋다.

외로움과 함께하는 삶이 썩 나쁘지만은 않다.

진정 필요한 건 오롯이 사랑할 수 있는 누군가가 아니라,

같이 외로울 수 있는 사람일지도 모른다.

차례

Chapter 2

언젠가는 떠올릴 수 없게 된다

Chapter 3

작고, 사소해서, 사랑했다

Chapter 1

가장   빛나던   순간에

　　　　　너와   내가   있었다

———— 당신 없는 나는

당신 없는 나는
하물며 웃는 법을 잊는다든가
밥을 먹는 일이 적어진다든가
당신을 떠올리는 시간이 많아진다든가
할 것입니다.

나 없는 당신은
어떠합니까.
나와 같습니까.

사랑은 때때로
상대방도 나와 같기를 바라는 감정인데
서로가 서로의 곁에 없을 때에도
같기를 바라는 건
욕심일까요.

어떤지요.

당신 없는 나는.

그만 사랑해도 괜찮다

사랑에 빠진다. 그녀는 내가 꿈에 그리던 이상형이다. 사랑에 빠지는 데 필요충분조건은 복잡하지 않다. 감정이 요동치고, 그 사람만이 이 세상에서 유독 강한 색감으로 눈에 밟히기 시작하고, 마음에 그 사람이 가득 들어차는 순간. 사랑에 빠졌으니, 사랑을 시작한다.

시간은 흐른다. 인간은 본래 면역성이 강한 생명체이다. 내 삶에 이질적인 것이 들어오려 할 때면 강하게 저항한다. 그것의 옳고 그름을 따지는 것이 아니다. 원래 나의 것이 아니었던 무엇에 대해 인간은 강하게 면역성을 드러낸다. 그것이 나를 온전히 나로 살게 해주는 안전장치이기 때문이다. 그녀는 나와 많이 다르다.

양자의 면역성이 서로를 밀어낼 때,
더 강하게 함께하려는 힘이 사랑이다.

면역성과 사랑의 마찰이 치열할수록 마음은 아파지기 마련이다. 그것은 괴롭다. 사랑을 하여 괴롭다니, 이 모순을 견뎌내기란 쉽지 않다. 사랑의 괴로움을 견뎌내지 못하고 이내 본래의 자기 자신으로 돌아가는 사람들도 부지기수이다.

그때, 괴로움을 견디지 못하고 도망가는 이들을 나무라는 이는 제대로 된 사랑을 해보지 못한 몽상가에 불과하다. 사랑 하나만으로 관계를 질끈 잡고서는 어떠한 괴로움도 장애물이 될 수 없다고 말하는 그런 자들.

본디 사랑을 할 때 그 사람을 사랑하는 마음과 거기에서 오는 고통은 전혀 별개의 것이다. 사랑은 고통을 잊게 해주는 진통제가 아니다. 오히려 고통의 원인에 더 가깝다.

사랑과 고통의 역학적 관계를 이해한다는 것은 사실 사랑이 어릴 적 상상처럼 핑크빛 찬란한 것이 아님을 이해하는 일이다.

　괴로움에 지쳐 사랑으로부터 도망가는 이들을 난 지극히 잘 이해한다.

욕심처럼

이런 사람을 만나라, 저런 사람을 만나라.
어떤 사람이 인연을 이어가기에 적합한 사람인지
세상에는 따져볼 것들이 그렇게나 많다.

하지만 지금 내 옆에 있는 사람은
그 조건에 무엇 하나 맞지 않아도
나에게만은 간절한 사람이다.

어떤 사람인가가 아니라,
나를 어떤 감정으로 대하는지를 살펴야 한다.

나는 어떤 사람의 어떤 존재가 아니라,
아무것도 아닌 사람의 전부가 되고 싶다.

─────── 변질

사랑한다면 상대방을 행복하게 해주자.

매일 자신의 마음에 안 드는 점만 늘어놓으며 상대방을 본인의 입맛에 맞추려 하는 것, 그건 사랑을 가장한 욕심일 뿐이다.

사랑이라는 미명 아래 온갖 요구를 감내해야 하는 사람은 점점 지쳐간다. 내 입맛에 맞춰 변한 상대방을 보며 스스로는 흡족해할지 몰라도, 그의 내면은 이 사람에게 맞춰가야 한다는 강박관념에 사로잡혀 사랑이 바래질지도 모른다. 사랑해야 한다는 의무감에 지쳐가고 있을지도 모른다.

사랑했던 마음이 사랑을 강요받는 듯한 느낌으로 변질되는 일도 일어난다. 자신만의 만족을 위해 배려 없이 휘두른 행동 때문에 진실한 감정이 상하는 일이 생긴다.

자그마한 만족보다
더 중요하고 본질적인 것을
우리는 놓치지 말아야 한다.

────────   **여지**

       친한 동생이 애인이랑 헤어졌다. 몇 번의 만남과 이별을 반복하더니 결국 정말 끝이 났다. 마음 아파하다가 가까스로 회복하며 지내기를 몇 달. 이젠 잊었다 싶을 즈음에 헤어진 애인으로 부터 다시 연락이 왔단다. 동생이 나에게 물었다. 답장을 해야 되느냐 말아야 되느냐고.

       단호하게 말했다. 답하라고. 돌아가고 싶다면 언제든 돌아가라고.
       고민한다는 건 여지가 남아 있다는 거다. 아직 감정이나 사랑이 잔류해 있다는 거다. 조금이라도 사랑이 남아 있다면 그 감정은 남은 것을 전부 불태우거나 아주 차갑게 얼려서 감각마저 마비시키기 전엔 사라지지 않는다.

       뭣 같은 인연이어도 사랑하면 마저 해야 한다.
       차가운 포옹도, 예전만큼 뜨겁지 않은 잠자리도,
       잔뜩 튼 입술로 하는 키스도.
       모든 감정이 쇠할 때까지.

사랑한다면   지켜야   할   것

1. 자세히 들어줄 것.
2. 행복이 되어줄 것.
3. 사랑을 위해서 분노하기에 앞서 이해를 먼저 할 것.
4. 약속한 것은 지키기 위해 노력하지 말 것. 그냥 지킬 것.
5. 당장의 감정보다 그로 인한 행동의 결과를 중요하게 생각할 것.
6. 이 사람의 좋은 사람이 되기 위해 최선을 다할 것.

이 사랑의 주인은 분명 나니까.
사랑에 휘둘리기보단 충분히 사랑을 즐기자.

3차원의 사랑

점이 선이 되고 선이 면이 되는 일. 면은 다시금 입체가 된다. 점 같은 일말의 호기심이 감정이라는 선이 되고, 그 감정이 여러 갈래로 이어져 애정이라는 단단한 면이 된다. 그리고 그 애정이라는 면이 다각도로 이어지면 입체적인 사랑이 된다. 가장 단순한 것에서 시작해야만 가장 복잡한 것까지 도달할 수 있다.

그런데 우리는 정작 사랑에 대해서는 쉴 새 없이 생각하면서, 가장 기본적인 것을 등한시한다. 사랑이 무엇으로 구성되어 있는지 고민하지 않는다. 우리가 쉽게 사랑 앞에서 바보가 되는 이유다.

처음부터 어려운 건 없다. 세상은 단순하다. 삶이 복잡한 거지. 단순한 세상의 복합체가 삶이기 때문이다. 사랑이 어렵다면 그 시작점으로 돌아가보자. 어떠한 호기심이 점차 감정으로 이어졌는지. 어떤 감정이 좀 더 심층적인 애정으로 이어졌고, 어떤 일이 이것을 입체적으로 만들어 마음을 한번에 다 알 수 없을 만큼 어렵게 만들었는지.

3차원의 것은 한 자리에서 봐서는 전체의 면모를 온전히 알 수 없다. 사랑도 그렇다. 겉에서 바라본 모습이 다르고 속에 든 것이 또 다르다. 우리가 처음부터 끝까지 그렇게 만든 것이다.

　　잊지 말자. 사랑은 가장 단순한 것에서 시작된다. 당장은 복잡하겠지만 하나하나 차근차근 풀어 나가자. 만들어진 모습이 아니라 만들어진 과정을 떠올려보자. 이 사랑의 주인은 분명 나니까. 사랑에 휘둘리기보단 충분히 사랑을 즐기자. 이것은 나로부터 시작됐으니까.

만약 누군가를 만난다면

만약 누군가를 만나게 되거든
매일 보고 싶다고 하지 말아야지.
매일 사랑한다고 하지 말아야지.
매일 당신에게 내 애정의 전부를 쏟지 말아야지.

혹시 사랑이 깊어질까 봐
내 마음을 언제나 경계해야지.

———— 이별의 말

헤어지자는 말은 결코 쉽게 하면 안 된다. 그 말을 꺼내기 전에 그 말 한마디가 지니는 의미가 뭔지 깊게 곱씹어봐야 한다. 너와 밥 한 끼 함께 먹을 수 있는 당연한 일상부터, 너를 걱정해주고 싶은 다정한 마음, 너에게 사랑한다는 말을 들을 수 있는 자격까지. 그 모든 것들을 포기한다는 말이다. 하나의 문장으로 비롯될 결과를 전부 고려해야 한다. 그것들을 모두 감당할 수 있을 때 내뱉어야 하는 말이다. 헤어지자는 말은 그저 한마디가 아니라, 모든 것을 송두리째 뒤바꿔버릴 힘을 지닌 말인 것이다.

이별을 생각하기 전에
이별로 인해 일어날
삶의 변화를 먼저 떠올리자.

그 사람이 떠나는 것에 그치는 것이 아니라 세상이 변하게 될 수도 있다는 걸 예감해야 한다.

만 번의 사랑을 논하는 사람보다
한 번의 이별을 고하지 않는 사람이 더 간절하다.

회상하는 일

음악을 잘 듣지 않는 당신에게 온종일 음악을 틀어주고 싶다. 네가 듣고는 있는지 불분명할 정도로 내 품에서 침묵을 지키고 있어도 나는 몇 시간이고 혼자서 떠들 수 있다. 조용히 노래를 따라 부르며 실컷 감미로운 척이라도 해보겠다. 당신이 조금이라도 이 순간을 낭만적이라 느끼기를 바라며. 조금 낯간지러워도 괜찮겠다. 당신이 웃어줄지도 모르니까.

칼로 써는 것도 귀찮아 숟가락으로 마구 퍼 넣은 햄 따위가 가득
한 김치찌개를 반찬 삼아 즉석밥을 데워 먹자. 볼거리를 찾아 텔레비
전을 틀어놓고 영화 목록을 뒤지며 예전부터 사랑하는 사람과 함께
보고 싶었던 영화들을 찾아 보겠다. 〈중경삼림〉, 〈화양연화〉 같은 왕
가위 감독의 로맨틱한 영화를 볼까. 몇 번이고 본 영화라도 괜찮다.
당신 또한 나처럼 재미있게 봐주기를 바라는 마음으로 당신의 표정
을 살피며 같은 영화를 보고 싶다.

당신은 영화가 채 끝나기도 전에 배가 부르다며 이불 속으로 돌아
갈지도 모른다. 절반도 보지 못한 영화는 나중으로 미뤄질 것이다.
다시 우리는 우리만의 세상으로 회귀한다. 뜨겁고 포근한 살을 비비
며, 인류의 역사만큼 아득히 긴 시간이라도 함께할 수 있을 것 같은
곳으로.

시간은 영원히 회귀하지만 삶은 끝난다. 시간은 영속적이지만 인간의 육체와 감정은 야속하다. 늙고 추해져 부러지고 쇠락한다. 우리의 세상은 곧 사라질 것이다.

채 다 보지 못한 〈화양연화〉와 〈중경삼림〉, 〈월터의 상상은 현실이 된다〉. 몇십 번이고 돌려본 그 영화의 끝을 왜 당신과는 함께 볼 수 없는 건가. 시간은 영원히 회귀하는데, 우리는 왜 영원히 회귀할 수 없던가. 왜 우리에겐 영원이라는 시간이 허락되지 않는가.

영원하고 싶다. 영국의 시인 존 키츠가 러브레터에 썼던 말처럼, 나는 영원을 믿고 싶다. 그의 말처럼 당신과 내가 함께 행복할 운명이라면 인생이 아무리 길다고 해도 짧게 느껴질 것이다.

우리에게 허락되지 않은 시간과, 함께 보지 못한 영화의 결말을 당신에게 설명해주는 것을 상상하는 일. 내가 낮간지럽게 당신을 회상할 때마다 하는 일이다.

——— 구속

구속이 사랑이라고 생각했던 때가 있었다. 사랑하기 때문에, 상대를 내 곁에 머무르게 하기 위해서 그러는 거라고 생각했다.

목줄 없이 자유롭게 활보하다가 떠난 개, 그리고 텅 빈 개집을 보며 느꼈던 공허함. 어린 시절 겪었던 일이지만, 그와 유사한 감정을 다시는 느끼고 싶지 않았다. 나의 마당에 내가 사랑하는 당신을 위한 집을 마련해놓고 당신이 그곳에서만 지내기를 바랐다. 그 마당이 내 집보다 커도 되니까. 당신 집이 내 방보다 커도 되니까.

그러나 묶여 있는 곳이 아무리 넓다고 한들
자유롭다고 느낄 사람은 없다.

하물며 지구를 벗어날 수 없음이 괴로워 우주선까지 만드는 게 인간 아니던가. 우주가 끝도 없이 스스로의 몸을 팽창시키는 것처럼, 우리는 얼마나 넓은 곳을 활보할 수 있느냐가 아니라 어디든 갈 수 있음을 확신할 때에만 자유롭다고 느끼는 존재다.

구속은 사랑이 아니다. 사랑을 빙자한 괴롭힘이다. 인간은 인간을 소유할 수 없다. 사랑이라는 구실로 사랑하는 이의 자유를 한정해서는 안 된다.

사랑은 더 넓은 세계를 보여주는 거다. 매 순간 팽창하는 삶의 범위를 제한하고 자신 안에 머무르길 바라는 것이 아니라, 넓어지는 서로의 세계를 바라봐주는 거다. 같이 넓어지고자 욕심을 부리는 거다. 우린 사랑을 잘못 배워도 한참 잘못 배웠다.

1인분의 낭만

누군가를 그리워했던 순간을 그리워한 적이 있다. 지금의 나는 사랑하는 사람도 없고, 누군가를 그리워하지도 않는다고. 무미건조한 일상에 찌들어 낭만 같은 걸 잃어버리고 사는 건 아닐까 괜히 걱정이 된다고. 한때는 떠나간 사람, 이루어지지 못한 사랑 때문에 가슴이 아파 온종일 무너지기도 했으며 밥을 먹는 것조차 힘겨웠는데. 물론 당시에는 그로 인해 참 고통스러웠지만 나름대로 낭만이 있었던 것 같다고.

지금 나는 너무 건조한 것 같다고 생각했다. 그렇다고 사랑을 하자니, 사랑을 위한 사랑이 아니라 누군가를 그리워하기 위한 사랑이 되어버릴 것 같다. 이상하지 않은가? 그리워하기 위해 사랑을 한다니. 난 사랑보다 그리움이 그리웠다.

그런데 뒤이어 생각났다. 난 아무도 그리워하지 않아도 되는 순간을 그리워했다는 걸. 함께했던 순간을 떠올리며 고통스러워했던 그때, 나 홀로 2인분의 허전함을 견뎌야 했던 그 순간, 난 온전히 1인분이었던 나의 삶을 그리워했다. 인간은 혼자서 2인분을 감당하기엔 아주 나약하다는 걸 알게 되었다.

아무도 그리워하지 않아도 되는 때란 건조하거나 낭만적이지 않은 게 아니라, 온전한 나 자신일 수 있는 순간을 맞이한 것이다. 1인분의 낭만. 사랑만이 낭만이 아니라는 걸 너무 늦게 깨달아버리면 우리는 그저 사랑에 홀린 바보가 되어버릴지도 모른다.

문득 떠올랐다. 혼자 추위를 견디거나, 첫눈을 기다리는 것. 그리워했던 순간을 그리워하는 것. 그 전부가 모두 낭만이라는 걸.

적당한 간격, 그리고 사랑

왜 인간은 혼자면 외롭고 둘이면 '빡'이 치는가. 이런 말을 들은 적이 있다. 일리는 있지만 너무 극단적이다.

'빡치기 싫어서' 혼자가 된다는 건 스스로를 외로움에 몰아넣는 짓이고, 외롭기 싫어서 누구 하나와 과하게 가까워지면 결국 마찰의 원인이 된다. 인간은 타인과 절대로 같을 수 없다. 다툼은 거의 필연적이라고 보면 된다.

중요한 건 무조건 혼자가 되거나 둘이 되는 게 아니라, 혼자인 듯 둘이 되는 것이다. 늘 적당한 거리를 유지하는 거다. 너무 살이 가까이 맞닿아 있으면 오히려 불편할 때가 있지 않던가? 사람과 사람 사이의 간격, 그게 바로 관계이다. 적당한 간격 사이에 시원한 바람이 부는 것, 그게 사랑이고.

사랑을 충만하게 주고받으며,

쉬이 떠나지 않고

한 사람의 옆에서 긴 호흡으로,

이다지도 힘이 드는 일인데.

함께 미소 지을 수 있다는 게

사랑의 의무

사랑을 유흥거리로 삼는 사람들이 있다. 외로워서, 연애를 하고 싶어서 누군가와 쉬이 인연이 맞닿기를 바라는 그런 사람들. 나는 그들이 부럽다. 그들에게 사랑이란 무겁거나 견뎌야 할 것이 아니라, 그저 하나의 즐길 거리일 테니까. 그것을 함께 즐기고 누릴 수 있는 사람의 유무가 문제가 될 뿐이지.

나에게 사랑이란 견딜 수 없을 만큼 무거운 왕관이다. 누군가와 사랑을 한다는 사실이, 그 사람과 인연을 이어간다는 사실이 무겁게 나를 짓누른다. 사랑에 수식되는 수많은 조건과 의무들이 버겁다.

사랑은 힘껏 해야 한다. 그 마음이 변해선 안 된다. 상대방을 위해야 한다. 다정해야 한다. 아껴줘야 한다. 이런 수많은 의무들. 나에게 사랑은 그저 함께 감정을 즐기다가 의무를 다하지 못하면 끝내고 마는 것이 아니다. 그 자체로 의무이고 짐이다. 사랑을 하는데 왜 사랑 이외의 것들을 그렇게 해야 하는지 끝도 없이 질문을 던지는 일이다.

사랑의 한계는
사랑이 사랑만으로는
절대 이루어질 수 없다는 것이다.
우리의 사랑이 늘 달콤함보다
험난함에 더 가까운 이유다.

곁에 있는 그 순간에

얼마나 많은 인연들이 날 스쳐 지나갔는지 가늠해본다. 참 많다. 그리고 뒤따라오는 생각 하나. 스치는 인연인 줄 알았더라면 그 인연에 흠뻑 빠져 있을 때 내 마음을 모두 말해줄걸. 내 마음에 당신이 들어와 있다든가, 선물로 주고 싶은 무엇이 있다든가, 보고 싶다든가 하는 것들. 매일 말해줄걸. 그 말들이 시간이 지나면 유효를 다하고 사라질 걸 그때도 알았더라면.

지금 내 옆에 있는 사람과의 인연도
언젠가 다함을 잊지 말아야지.

그러니까 매일 말해줘야지.
사랑한다고, 보고 싶다고,
무언가를 주고 싶다고.
그 인연이 다하기 전에.

받아들인다는 것

상대방을 바꾸지 않고 사랑할 수 있을까. 상대방을 나의 입맛에 맞추어 바꿔가는 것을 과연 사랑이라고 할 수 있을까. 나는 상대방을 있는 그대로 받아들이는 것이 사랑이라고 생각하는 사람이다.

받아들인다는 것은 단순히 상대방을 이해한다는 이야기가 아니다. 상대방의 단점이나 치부와 같은 못난 점들을 사랑스럽게 바라봐준다는 그런 이야기도 아니다. 받아들인다는 것은 극단적인 예를 들자면, 만약 죽고 싶어 하는 사람과 사랑에 빠지면 그가 죽음에 이를 때까지 옆자리를 지켜주는 것이다. 옷자락을 붙잡고 가지 말라고, 그래도 죽는 것은 안 된다고, 사랑하는 나의 옆에 머물러달라고 하는 것이 아니라 그가 어디를 가든 어떤 선택을 하든 끝까지 지켜봐주는 것이다. 그게 바로 받아들이는 것, 사랑이라는 거다.

사랑에 상처받은 이들이 흔히 하는 말이 있다. 다시는 기대하지 않겠다고. 사람에게도, 사랑에게도. 기대했기에 상처받았으니, 다시는 그들에게 기대하지 않음으로써 사랑을 하지도, 상처를 받지도 않겠다는 거다. 그들에세 기대하지 않겠다는 말은 곧 사랑하지 않겠다는 것을 의미한다. 나는 그런 말을 들을 때마다 위화감을 느끼지 않을 수가 없었다. 왜냐하면 그러한 말이 의미하는 바가 '기대를 충족시키면 사랑, 그렇지 못하면 사랑에 도달하지 못한 상처'라고 하는 것 같았기 때문이다. 과연 사랑과 사랑이 아닌 것을 나누는 기준으로 이것이 적합한지 의문이 들었다. 그러다 내 나름의 결론을 내렸다. 그들은 사랑을 한 것이 아니라고. 그들은 기대를 했고, 상대방이 그 기대를 충족시켜주길 바란 것뿐이라고. 그건 사랑의 범주에 포함되지 않는 전혀 다른 일이라고.

앞서 말했다. 사랑은 받아들이는 것이라고. 하지만 기대는 오히려 그 정반대에 가깝다. 기대는 상대가 내가 원하는 모습을 보여주리라고 희망하는 것이다. 사실상 상대가 나의 입맛에 맞는 모습으로 변하기 바란다는 것과 다름이 없다. 그 어떤 인간도 타인을 완벽하게 만족시킬 수 없음에도 불구하고 많은 사람들은 자신과 인연을 형성한지 얼마 안 된 타인이 자신이 원하는 모습을 보여줄 거라고 믿는다. 결국 상대가 본래의 모습을 숨기고 내가 원하는 모습을 연기하기를 바라는 것, 그게 바로 기대다. 상대방을 받아들기보다 상대가 나를 위해 변하기를 바라는 것이다.

그렇다면 받아들인다는 건 무엇일까. 애초에 어떤 기대도 하지 않는 것이다.

우리는 '아무것도 기대하지 않겠다.'라는 말을
부정적으로 받아들이는 경향이 있다.

모든 관계에서 습관적으로 기대를 하다 보니 기대하지 않는 관계를 부정적으로 보는 것 같다. 하지만 오히려 정반대다. 관계에 있어서 기대를 하지 않는 것은 오히려 더 진취적인 관계를 형성하는 데 도움을 준다. 무엇을 바라지 않으니 상대방의 행동을 있는 그대로 받아들일 수 있게 된다. 우연히 찾아오는 기쁨은 배가 되고, 슬픔 또한 자연히 받아들일 수 있게 된다. 만일 기대를 했다면 자신이 기대했던 것과는 다른 상황에 처했을 때 슬픔이 두 배가 됐을 텐데 말이다. '기대하지 않겠다.'라는 말의 어감은 상대방을 포기하겠다는 뜻으로 오해를 살 수도 있다. 하지만 실제로는 오히려 관계를 더 단단하게 이어어주는 말에 가깝다.

상대방의 행동을 있는 그대로 받아들일 수 있게 되면 그 사람의 장점, 단점을 막론하고 객관적인 그 사람 자체를 볼 수 있게 된다. 그에 대한 판단은 스스로의 몫이다. 그의 객관적인 모습을 사랑할지 말지 내가 선택하면 되는 것이다. 기대를 할 때엔 상대가 어떤 사람인지는 중요하지 않다. 내가 원하는 모습을 보여주기를 바랄 뿐이다. 하지만 상대를 있는 그대로 받아들일 때 기대는 중요하지 않게 된다. 상대방을 파악하고, 그에 따라 판단하면 된다.

얼마나 합리적인가. 상대방에게 기대하고, 상대방의 잔뜩 꾸며진 모습과 행동에 다시 한껏 올라간 기대치를 가지다가 한 번의 실수로

와장창 무너지는 관계가 아닌, 있는 그대로 보고 판단하고 선택함으로써 이어가는 만남이니.

　받아들이기로 했다면 그를 있는 그대로 받아들이면 된다.

　주정이 심하다면 주정이 심한 대로, 게으르다면 게으른 대로, 애정 표현이 뜸하면 뜸한 대로. 애초에 받아들이기로 마음먹은 점들을 그저 받아들이는 것이다. 상대방의 장점만을 사랑하고, 상대방의 단점은 미워하기를 반복하는 것이 아니라 그 사람의 모습을 있는 그대로 받아들이고 그 받아들임이 사랑으로 이어지는 것이다. 기대하지 않는 것이다. 바꾸려고 하지 않는 것이다.

　기대하지 않기에 바꾸려 하지 않는 것이고, 바꾸려 하지 않기에 받아들이는 것이다. 사랑이 끝나고 부디, 나는 그를 혹은 그녀를 받아들였다고 말할 수 있기를 바란다.

혼자인 것이 외로워, 외로움에 등 떠밀려 시작한 연애는 결국 또 다른 '연애로 채워지지 않는 외로움'에 의해 무너지기 마련이다.

사랑 말고 필요

한 사람과의 인연이 뜻하지 않게 길게 이어지는 경우가 있다. 분명 나는 그 사람과 멀어지려 하고 있고, 서로 인연은 거의 소멸됐다고 보는데도 말이다. 그렇다면 답은 하나다. 그럼에도 나는 아직 이 사람을 필요로 하는 것이다.

사람의 감정은 복합적이다. 이미 사랑은 오간 데 없고, 악감정만 가득하며 증오에 가까운 감정만 남았다고 해도 나는 여전히 이 사람을 필요로 할 수 있는 거다. '사랑하지 않는다.'는 감정 하나만이 관계를 완벽하게 정의해주지는 않는다. 사랑하지 않아도, 미워해도, 증오해도, 나는 여전히 상대방을 필요로 할 수 있다.

네 곁에서 너무 오래 머무른 탓일까. 이 끈을 완전히 놓는 게 두렵다. 오래전부터 도망치고 싶었지만 네가 없는 내가 두렵다. 사랑이 많이 바래졌어도 여전히 널 필요로 한다. 필요한 것과 사랑하는 것이 이렇게 다르다는 것을 이제야 안다.

개같이 사랑하고 싶다

어떤 사람을 만나고 싶으냐는 질문을 종종 받는다. 나는 그 질문을 이상형을 묻는 것이 아니라, 어떤 유형의 사람과 인연을 이어가고 싶으냐는 것에 더 가까운 질문이라 생각한다. 난 이상형과, 인연을 이어가고 싶은 사람 사이에 구분을 두는 편이다. 이상형은 꿈에 그리는 존재에 가깝고, 인연을 이어가고 싶은 사람은 조금 더 현실적인 기준에 맞추어 옆에 두고 싶은 이를 의미한다.

질문을 받을 때마다 습관적으로 하는 대답이 있었다. 진정성 있는 사람을 만나고 싶다고. 거짓 사랑 놀음에 지쳐, 안주할 수 있는 이를 만나고 싶어 하던 나에게 진정성이란 아주 중요한 것이었기에.

그런데 어느 날 문득 생각해봤다. 그렇다면 진정성 있는 사람이란 어떤 사람일까. 나는 어떻게 그 사람의 진정성을 확인할 수 있을까. 나는 쉽사리 답을 내릴 수가 없었다.

그래서 거꾸로 생각해보기로 했다. 그렇다면 진정성이 없어 보이던 이들은 어떠했는지. 나에 대한 배려가 없거나, 하룻밤 사랑에 모든 사랑을 쏟아붓고서는 나를 떠났던 이들. 혹은 우리의 만남이 결국엔 자기 자신만을 위한 것이었거나, 우리의 미래를 위해 노력 같은 건 할 줄 모르고 자신의 고집만을 앞세우던 이.

하지만 또 그렇게 쉽게 판단할 것이 아니었다. 누군가는 나를 배려하지 않았지만 마음만은 진심이었으며, 또 어떤 이는 하룻밤 사랑이 끝나고 육체적인 사랑을 지루한 것으로 치부하게 됐으나 여전히 정신적으로는 나를 아껴줬다. 이렇듯 사람과 사람 사이에 하나의 기준이 정확하게 옳고 그름을 판단해주지는 않는 듯하다.

나는 그래서 생각했다. 진정성이라는 건 한가지 조건으로만 성립되지 않는 것이라고. 사랑을 시작하기 위해서 조건을 내세우면 결국 내가 사랑을 하기 어렵게 만드는 방해물이 될 뿐이라고. 결국 우리는 상처받지 않고 사랑하기 위해 조건을 내걸지만, 결국엔 그 조건 때문에 더 사랑할 수 없게 되는 거라고.

조건 따위 없이 마음으로 진정성을 느낄 수 있는 사람의 옆에 머물고 싶다. 그것은 정의되는 게 아니라, 그저 본능처럼 알 수 있는 것이라고. 마치 짐승들이 연애라는 이름으로 서로의 관계를 규정하거나, 결혼이라는 법적 절차 따위를 밟지 않아도 함께할 수 있듯이, 그저 그렇게 자연스럽게.

빛나던 순간

우리는 살아가면서 하루하루 죽음에 가까워지지만, 죽기 위해 살진 않는다. 삶이 끝나는 날에 가까워진다고 한들 그것이 절망을 의미하지는 않기 때문이다. 우리의 삶은 하루하루가 그 자체로 의미를 가진다. 끝이 명확하다고 해서 이 순간의 의미가 바래지지는 않는다고 믿는다.

사랑도 마찬가지일 것이다. 언젠가 이별한다면, 그것이 언제일지는 모른다고 해도 이별하기 위해 사랑하지는 않을 것이다. 희미하게 저 멀리에 이별이 있다고 해도 그 순간들은 모두 찬란하게 빛날 것이다.

그 빛나던 순간에 너와 내가 있다.

인연을 끝낸 이유

　　　　　상대방에게 처음으로 이별의 말을 들은 뒤에야 깨달았다. 나 홀로 시작과 끝이 없는 만남을 하고 있었다는 것을. 상대방은 시작도, 끝도 정확하게 인지하고 있었다는 것을. 심지어 그 끝을 대충 언제 즈음이다, 라고 정해두었다는 것을.

　끝이 있다 해서 사랑에 기꺼이 뛰어들 가치가 없다는 것은 아니지만, 서로가 알 수 없는 이별이라는 미래에 대항하며 함께 나아가는 것과, 한쪽에서 어렴풋이 기한을 정해놓은 만남을 이어가는 것은 엄연히 다르다. 정확히 말하자면 불합리에 가깝다.

　뚜렷한 이별에 대한 관념, '이별관'을 가진 사람에게는 갖은 일이 이별의 이유가 된다. 그것이 옳지 않다고는 말하지 않겠다. 엄연히 개인적인 것이므로. 다만 한쪽은 뚜렷한 '이별관'이 있는데, 다른 한쪽은 입구도 출구도 없는 만남을 이어가고 있을 때엔 문제가 된다. 그 사람에겐 어떠한 다름도, 잘못도 그저 나아갈 때 거쳐야 하는 과정이 되지만, 다른 한쪽에게 그것은 여정을 멈춰야 할 이정표가 되기에.

서로가 이별관을 갖고 그것을 피하고자 애쓰는 만남은 바람직하다. 서로가 입구도 출구도 없는 사랑이라는 테두리 안에서 영구적인 만남을 꿈꾸는 것도 바람직하다. 그러나 서로 다른 둘이 만났을 때 상처받는 쪽은 뻔하다.

난 입구도 출구도 없이 나에게 들어와 있는 사람이 그립다.
그러니 이별이 뭔지 모르는 사람 옆에만 머무를 작정이다.

미움 끝엔 소중함이 반짝인다

미움이라는 감정이 순간적으로 발하는 힘은 참 크지만, 그만큼 금방 증발하고 만다. 그러니 순간의 미움 때문에 소중한 사람을 놓치는 실수는 항상 후회로 귀결되기 마련이다.

늘 순간의 미움보다
그 사람의 소중함을
먼저 생각하는 사람이 되기를.

로맨틱과 현실

나는 로맨틱한 사랑을 하고 싶지 않다. 꽃이 흩날리고 눈에서 하트가 나오는 그런 사랑. 그런 게 없다는 걸 진작에 알아버렸기에. 그걸 깨달은 이들은 결국 둘 중 하나다. 사랑하기를 포기했거나, 어딘가에는 분명 진짜 사랑이 있을 거라고 스스로를 세뇌하고 있거나. 난 사랑에 빠지기 직전에도 도망가는 인간이다. 사랑이란 싫다가도 좋은 법. 그래서 사실 우리가 힘든 거다.

낯설음은 그저 잠깐의 순간

여행지에 도착한 뒤 우리는 호텔에서 짐을 풀고 나왔다. 낯선 하늘, 낯선 거리, 낯선 공간. 익숙한 건 내 옆에 당신뿐이다. 당신이라는 익숙함은 모든 낯설음을 상쇄시켰다. 나는 썩 익숙하게 거리를 걸었다.

어디로 가볼까. 꼬막이 유명하다는 곳으로 가볼까. 아니면 전통 시장을 탐험할까. 조금 서쪽으로 가면 바다가 있다는데 같이 바다를 볼까.

그럼 넌 늘 대답한다. 뭐든 좋다고.
난 처음엔 그 대답이 싫었다.
그저 결단력 없는 너의 우유부단함으로 보였으니까.

그런데 사실 그건 우유부단함이 아니었을지도 모르겠다. 나와 함께라면 무엇을 하든 좋다는 의미였을까. 그도 아니면 넌 낯선 여행지에 와서도 나만 바라보느라 그런 건 생각할 여유도 없었던 거였을까. 내가 앞을 바라볼 때에도, 넌 늘 나보다 조금 낮은 곳에서 나를 물끄

러미 바라보며 미소만 짓곤 했으니까.

난 늘 앞을 보고 있었다. 넌 늘 그런 나를 바라보았다. 길거리에서
도, 버스에서도, 호텔에서도. 낯선 곳에서도. 가장 익숙하게.

그런데 사실 그건
우유부단함이 아니었을지도 모르겠다.

나랑 함께라면

무엇을 하든 좋다는 의미였을까.

——— 욕망과 현실

우리는 쉽사리 처음이 영원했으면 하고 욕망한다. 첫사랑이 끝사랑이 되기를 바라고, 첫 키스가 마지막 키스가 되기를 바라는 것처럼. 하지만 처음은 결코 마지막이 될 수 없다. 그럼에도 그것이 마지막이기를 바라다가, 현실은 전혀 그렇지 않음을 안다는 것. 처음은 처음이고, 그 끝엔 전혀 다른 무언가가 함께하고 있음을 깨닫는 것. 우린 결국 바라는 현실과 들이닥친 현실이 다르다는 걸 깨달아가며 아파한다.

현실은 욕망과 다르다. 난 처음이 마지막일 줄 알았다.
내가 울며 태어나듯, 울며 죽기를 바랐던 것처럼.

가장 두려운 건

나는 한때 사랑을 시작하는 일에 자신감 없는 사람들을 겁쟁이라고 생각했다. 자신감 없는 그들은 사랑을 할 자격이 없으며, 겁내지 않는 이들이야말로 사랑할 자격이 있다고 생각했다.

하지만 사실 전혀 그렇지 않았다. 그들은 겁쟁이가 아니었다. 오히려 그들은 넘치는 자신감으로 무장했던 이였거나, 그 자신감으로 어떠한 사랑이라도 쟁취하겠다고 마음먹었던 이들이었다.

그렇다. 겁 없이 사랑에 달려들었던 이들이 도리어 겁쟁이가 된 것이다. 그들은 처음부터 겁쟁이가 아니었다. 사랑이 그들을 그렇게 만든 것이다.

난 그들의 겁을 이해한다. 나도 이제는 사랑이 두렵다.

사랑이 뭔데.

잠깐 달짝지근하다가,

다 녹아버리면 입안에 여운만 남아서는
그리워하게 만드는 거잖아.

꽃길과　가시밭길

헤어졌던 연인과의 재회는
고민하고 또 고민해봐야 한다.

당신은 다시 재회하면, 상대와의 관계가 처음 같을 것이라고 철저히 착각하고 있다. 애초에 오랜 연인은 권태로움으로 인한 다툼을 이겨내지 못하고 헤어지는 경우가 많다. 다시 만나면 그 권태로움이 사라질 것이라고 착각하지만 절대 그렇지 않다. 다시 재회했다는 감회에 젖어 잠시 그렇다고 착각할 뿐, 권태로움은 금방 다시 찾아오고, 관계를 망치기 시작한다.

재회한 뒤에 서로가 달라질 것이라고 절대로 착각하지 마라. 헤어져 있다가 단지 재회했기 때문에 상대방이 변해 있을 것이라고 생각하면 철저한 오산이다. 사람은 쉽게 변하지 않는다. 쉽게 변하지 않는 사람이 공백 기간을 거쳤다고 나의 입맛대로 변해 있을 것이라는 생각은 뇌내 망상과 다를 바가 없다.

나는 "헤어진 연인과 재회하지 마라. 왜 눈앞의 꽃길을 놔두고, 등 뒤의 가시밭길로 돌아가느냐."라는 글을 어느 게시판에 올린 적이 있다. 그 글의 베스트 댓글이 바로 "그 가시밭길이 누군가에게는 꽃길일 수도 있다."였다. 내 생각은 다르다. 가시밭길은 가시밭길일 뿐이다. 가시밭길을 군이 맨발로 걸어봐야만 아픈지 안 아픈지 구분하던가. 가시밭길을 걷게 되면 그저 아프고 상처받고 피가 흐를 뿐, 절대 꽃길처럼 행복할 수는 없다. 쓸데없는 감상은 오히려 상처만 키울 뿐이다.

약간의 오해와 어긋남으로 인한 이별이 아니라 볼 장 다 보고 끝난 연인 사이에 재회는, 정말 극소수를 제외하고는 상대에게 더 나쁜 추억을 선사할 이별의 연장선일 뿐이다. 서로의 가슴속에 좋은 추억으로 남기 위해서라도 이별은 깔끔하게, 그리고 이별 뒤엔 알아서 상대방의 눈에 안 띄게 해주는 것이 가장 좋은 방법이다.

너의 마음을 다치게 하는 사람 옆에서

상처받지 않으려 애쓰기보다,

애초에 너의 마음을

소중히 여겨주는 사람 옆에 머무르기를.

머무르려고만   하지   마라

가장 바보 같은 짓이 바로
나에게 상처 주는 인연을
참으며 이어가는 것이다.

우리는 항상 인연을
이어가는 법만 배운다.

하지만 떠나야 할 때 기꺼이 떠나는 법,
그 또한 분명 배워야 할 것이다.

인연의 때를 아는 사람

옛 연인에게 연락이 온다면 그에게 돌아가라고 글을 썼다. 친한 동생에 대한 이야기였는데, 뭣 같은 인연이라고 해도 사랑이 남아 있다면 마저 하라고 조언한 것이다. 그리고 또 상처 주는 인연이라면 끝내라는 글을 썼다. 우리 모두는 인연을 이어가는 법만 배우는데, 떠나야할 때 기꺼이 떠나는 법도 배워야 한다고.

그 두 글을 보고 누군가 물었다.

"전에는 언제든지 돌아가라고 하더니, 왜 이 글에서는 떠나야 할 때 떠나라고 말이 바뀐 것인지요?"

말이 바뀐 것이 아니다. 우리들은 돌아갈 줄도, 떠날 줄도 알아야 한다. 중요한 것은 내가 이 사람에게 돌아가야 하는지, 떠나야 하는지를 정확하게 아는 것이다.

돌아가지 말아야 하는 인연에게 돌아가면 결국 다시 결별할 것이고, 상처는 커질 것이다. 돌아가지 말아야 할 인연으로부터 떠나야할 때를 정확히 알고 떠난다면 상처로부터 나를 지킬 수 있다. 그리고 더 값진 인연을 만날 수 있게 된다. 이미 끝나버린 인연을 이어가는 것은 더 값진 인연을 찾는 일을 지연시킬 뿐이다.

돌아가야 할 인연에게 돌아가지 않는다면 함께 행복할 수 있는 미래를 흘려보내는 것이다. 눈앞에 있는 행복을 알아보지 못하고 순간의 감정에 휩쓸려 놓치지 않기를 바란다. 돌아가야 할 인연에게 돌아간다면, 제자리를 찾은 셈이다. 왜 여기가 나의 제자리인지, 돌아왔어야 할 자리인 건지 스스로가 더 잘 알 수밖에 없다. 그런 일들은 논리적 근거를 필요로 하지 않는다. 자신의 가슴속 깊은 곳에서부터 느껴지는 예감에 더욱 가까울 것이다.

무작정 떠나지 마라. 무작정 머무르지도 마라. 중요한 것은 언제 떠나야 하는지, 언제 머물러야 하는지를 아는 현명한 사람이 되는 것이다. 인연이라는 건 아주 다양한 형태로 존재한다. 어떤 인연은 오히려 제때 떠남으로써 기억 속에서 더 의미 있게 머무르기도 한다.

무엇보다 나 자신을 더 소중하게 여겼으면 좋겠다. 자신의 마음에 힘껏 귀를 기울이면 답은 나오게 되어 있다. 바보같이 굴다가 값진 행복을 함께할 사람을 떠나지 않았으면 한다. 당신이 누군가와 진심으로 미소 지을 수 있기를 바란다.

블루문과　당신

　　　　　　사랑해도 멈춰야 하는 순간이 있었다. 당신의 품
에선 좀 더 곤히 잠들 수 있었다. 많은 걸 하지 않아도 괜찮다고 생각
했다. 괴로운 일이 엄습해올 것을 알았다. 이 순간이 영원하길 바랐
다. 괴로운 순간이 오지 않길 바라서가 아니었다. 어떤 괴로움도 비
켜갈 수 있을 만큼 당신의 품이 아늑했다고 생각했기 때문이었다.

　당신과 마지막으로 만나겠다고 마음먹은 날, 거리로 나왔는데 눈
이 내렸다. "눈이 와."라고 말할 수 있겠다는 생각에 문득 기뻤다.
　우리는 맥주를 마실 수 있는 펍에 갔다. 나는 블루문을 마셨다. 맥
주를 좋아하진 않지만, 블루문은 낭만적인 맥주라서 마실 수 있다고
말했다. 당신은 이해하지 못했다.

　선택할 수 있는 사랑이 있고,
　선택할 수 없는 사랑이 있다.

사랑은 그저 감정 하나로 이어갈 수 있는 종류의 것이 아니었다. 상황과 관계, 운명 같은 것들이 방해하면 도저히 이어갈 수 없는 것도 있었다.

선택할 수 없는 사랑은 늘 끝나는 때가 명확했다. 나는 그 죽어가는 아름다움마저 사랑했다. 탄산이 괴로워도 낭만적이기에 마실 수 있던 어떤 맥주처럼. 이별을 말하는 순간에도 사랑했던 순간을 더 가슴에 품을 수 있었던 것처럼.

선택할 수 있는 사랑이 있고,
선택할 수 없는 사랑이 있다.

닮아가는 것이 아니라,
닳아가는 것일지도 모른다

사랑을 시작할 때 흔하게 하는 착각이 있다. 바로 나를 버리고 그 자리에 온전히 상대방을 가득 채우는 것이 사랑이라고 생각하는 것이다. 상대방을 알아갈수록 그 사람의 것들을 자신에게 담으려 한다. 상대에게 맞추어 식습관을 바꾼다거나, 상대가 좋아한다는 이유로 평소 마시지 않던 찬물을 마신다거나, 밤마다 그 사람과의 통화 시간이 길어져 늦게 자는 날이 부쩍 잦아진다거나 하는 것들. 먹기 싫은 음식을 억지로 먹어도, 마시지 않던 찬물 때문에 탈이 나는 날이 잦아져도, 통화로 밤을 지새운 탓에 다음날 온종일 피로가 자신을 따라다녀도 흐뭇한 웃음을 짓기 바쁘다. 함께 좋아하는 것을 즐겼으니까. 이 청량감을 즐기는 그 사람의 기분을 이해하게 되니까. 그 사람과 같은 시간에 잠들었으니까. 내 삶의 전부는 그 사람이니까. 같은 호흡으로 숨 쉬고 싶으니까.

사랑하면 서로 닮아간다고 하니, 너와 나에서 '우리'가 되어가고 있는 과정이라고 생각한다. 상대방과 비슷해지는 자신을 보며 우리는 닮아간다고 생각하게 된다. 관계 속에서 '나'라는 존재가 어떤 모습으로 남아 있는지는 중요하지 않다. 중요한 것은 우리이기에. 사랑하기에 더욱 우리가 되고 싶다고 생각하기 때문에.

하지만 누군가를 닮아가며 자연스레 변하는 것과 나를 잃어가는 것을 명확히 구분해야 한다. 사랑하는 사람을 닮아가는 일이 나를 잃는 것을 의미하지는 않는다. 그런데 더러 나를 잃어가며 상대방을 닮아가는 사람이 있다. 닮아가는 것과 스스로를 잃는 것은 엄연히 다르다. 취침 전 그 사람과의 통화가 길어져서 다음날 하품을 연신 하고 있다면 스스로의 리듬을 잃은 것이고, 그 사람을 따라 마시는 찬물로 잦은 배탈에 약을 달고 살고 있다면 자신과 맞지 않는 행동을 하고 있는 것이다. 그런 일을 두고 서로가 서로를 배우며 닮아간다고 말하지는 않는다.

진짜 사랑은 더욱더 나다워지는 것에 가깝다. 그 사람과 함께하는 순간의 내 모습에 더 만족하게 되는 것. 그 사람과 있으면 나다워지는 내가 참 좋아 그 사람의 옆에 머무르고 싶은 것이다.

사랑을 할 때에 제일 중요한 것은 바로 온전한 '나'를 지키며 상대를 알아가는 것이다. 그때야 비로소 서로에게 알맞은 배려를 할 수 있으며, 자연스레 비슷한 속도로 호흡할 수 있게 된다. 나를 중심에 두지 않은 채 누군가를 옆에 두게 되면 나도 모르게 그쪽으로 몸이 쏠리게 된다. 스스로 서 있을 수 없을 만큼 나약할 때, 누군가가 옆에 있다면 자연스레 기대게 되지 않던가. 기대기 위해선 반드시 몸을 기울여야 하고, 기울어진 만큼 중심은 그 방향으로 쏠리기 마련이다. 꼿꼿하게 서 있을 때엔 상관이 없지만 한번 중심이 다른 방향으로 쏠리면, 기댈 것 없이는 쉽게 넘어지게 된다. 옆에 누군가가 없이는 쉽게 넘어지는 사람이 되는 것이다. 어느덧 나는 사라지고, 누군가에게 기대고 있는 내가 된다. 상대방이 없으면 쉽게 쓰러지는 연약함을 서로 닮아간다고 하진 않는다.

　우선 나 자신이 온전하게 나의 중심에 있어야 누군가를 내 옆에
둘 수 있다. 스스로의 힘으로 온전히 서 있을 때 비로소 제대로 상대
와 눈을 마주할 수 있다.

이혼할　수　있을 때
결혼한다는　누군가의　말을　듣고

이별하면 회상할 추억 하나가 늘어난 것이라고
생각하기로 한다. 밥을 굶지 않도록 한다. 울고 싶을 땐 세수를 하기
로 한다. 보고 싶을 땐 편지를 쓰기로 한다. 사랑을 시작할 땐 언제라
도 이별할 수 있다고 마음을 먹는다.

인연이 처음 어긋났을 때 도망가는 게 제일 현명할지도 모른다.
새로운 인연을 만드는 것보다, 어긋난 인연을 고쳐 쓰는 게 더 어려우니까.

티 없는 마음의 영원한 햇살

영화 〈이터널 선샤인〉에서 주인공 조엘은 연인이었던 클레멘타인이 자신과의 기억을 지웠다는 사실에 괴로워한다. 자신의 실수로 헤어진 직후 클레멘타인을 찾아가지만, 그녀는 이미 조엘에 대한 기억을 지운 뒤다.

"전 클레멘타인인데, 조엘에 대한 기억을 지울래요."

자신과의 기억, 더 나아가 추억까지 전부 지웠다는 사실에 조엘은 처음엔 아파하고 괴로워하다가 끝내는 분노한다. 소심하기 짝이 없는 그는 헤어진 연인이 그랬던 것처럼 충동적으로 라쿠나를 찾아간다. 그곳은 기억을 지워주는 병원이다. 클레멘타인 또한 이곳에서 조엘에 대한 기억을 지웠다.

그저 자고 일어나면 모든 기억이 지워져 있을 것이라고 생각했으나, 사실 기억을 지우는 과정은 그리 간단치 않았다. 그가 잠든 동안 의사가 뇌에 특정한 자극을 하면, 그는 클레멘타인과 관련된 기억 속으로 돌아가게 된다. 그리고 그 기억을 떠올리는 동안 활성화된 뇌의 지점을 외부에서 자극하여 없앤다. 그는 필연적으로 자신과 그녀와의 모든 기억들을 다시 한 번 답습하게 된다.

기억을 없애는 작업은 가장 최근의 기억부터 시작된다. 매일이 그녀와 다툼의 연속이고, 함께 있어도 지루한 나날의 연속이다. 대부분의 기억 속에서 그녀는 언성을 높이고 있고, 그는 그런 그녀를 지켜워하고 있다. 사랑스럽다고 느끼는 순간에도 그녀의 태도는 돌변한다. 내성적인 조엘과 충동적인 클레멘타인. 서로 다른 매력에 끌려서 만남을 시작했으나, 이제 그것은 서로 감당하기 힘든 짐일 뿐이다. 기억을 지우기 잘했다고 느껴진다.

하지만 기억을 지울수록, 과거로 돌아갈수록 좋았던 기억들이 나타난다. 조엘과 클레멘타인은 미소 짓고 있거나 행복해하고 있다. 도저히 지울 수 없는 추억들로 가득하다. 설령 아프고 괴로운 순간들이 계속해서 기억에 남아 있다고 해도, 이렇게 행복했던 추억들이 함께 있다면 괜찮을 것 같을 만큼. 그는 지워지는 기억 속에서 소리친다.

"멈출래요! 기억을 지우지 않을래요! 그게 안 된다면 이 기억만이라도 남겨주세요!"

머릿속에서 외치는 그의 목소리가 바깥에 닿을 리가 없다. 기억은 계속해서 지워진다. 그래서 그는 뇌의 다른 지점에 클레멘타인과의 기억을 숨기려 한다. 자신과 클레멘타인의 기억을 다른 기억의 틈바구니에 끼워 넣는 것이다. 하지만 결국 그 시도마저 실패하고 모든 기억들은 지워질 처지에 놓인다. 마지막에는 조엘이 클레멘타인과 처음 만난 날의 기억만이 남게 된다. 그 기억 속에서 조엘은 더 이상 발악하지 않는다. 자신이 무슨 수를 써도 기억들이 전부 지워질 것을 알기에.

처음 만난 날의 클레멘타인이 자신의 옆에 와서 앉는다. 그리고 그날의 모습으로 그날의 대화를 이어간다. 꼭 사랑에 빠지던 순간처럼.

그리고 말한다.

"이 기억도 곧 지워질 거야."
"알아."
"어떡해?"
"즐겨야지."

그는 더 이상 지워지는 기억을 피하지 않는다. 클레멘타인과의 기억 속에서 한순간이라도 더 그녀와의 시간을 만끽하고자 한다. 자신의 모든 것들을 인정한다. 진심으로 그녀를 사랑했음을 인정한다.
그제야 조엘의 마음에, 꼭 영화의 제목처럼, 티 없는 햇살이 비춘다.
기억 속 클레멘타인도 드디어 그걸 알았는지 기적처럼 그에게 한 조각의 기억을 남겨준다.

'몬탁에서 만나.'

서로 다른 두 사람이 만나서
사랑에 빠지는 일

남자와 여자가 사랑에 빠지게 되는 흔한 계기가 바로 서로의 다름에 끌리는 것이다. 매사에 계획적인 사람이 충동적인 사람에게 빠진다거나, 우유부단한 사람이 결단력 있는 사람에게 매력을 느낀다거나, 자존감이 아주 낮은 사람이 자존감이 넘쳐서 자신마저 충만하게 만들어줄 것 같은 사람에게 끌린다거나 하는 일들. 원래 인간은 자신이 가지지 못한 것을 가지고 싶어 하기 마련이다.

계획적인 사람은 알게 모르게 충동적으로 행동하고 싶다는 욕구를 느낄 때가 있고, 결단력 있는 사람은 때로는 여러 갈래의 길에서 헤매보고 싶기도 하며, 자존감이 높은 사람은 자존감이 없는 사람과 함께 시간을 보내며 상대방이 자신으로 인해 변하는 모습을 보고 싶어 한다. 그것은 분명 기묘한 형태의 호감일 것이다.

우리는 일반적으로 자신과 잘 통하는 사람에게 끌릴 것이라고 생각한다. 굳이 복잡한 단계를 거치지 않아도 비슷한 호흡으로 숨 쉴 수 있고, 같은 이야기에 웃음 지을 수 있으며, 취미를 공유할 수 있으니까.

하지만 역설적이게도 인간은
상대와 다른 점들을 닮아가면서
상대에게 더 매력을 느끼는 존재다.

나에게 없던 것을 상대방에게 하나둘 가지고 오게 되고, 상대방은 가지고 있지 않았던 것을 나에게서 받아가는 일. 처음에 완전히 달랐던 두 사람은 서로에게 흥미를 느끼게 된다. 비슷한 점을 공유하는 타인이 아닌, 다른 점 때문에 끌린 상대는 조금 더 완벽한 타인이다. 같은 풍경을 봐도 다른 이야기를 하며 같은 상황에 놓여도 다른 행동을 한다. 이것은 분명 삶에서 느낄 수 있는 큰 즐거움일 것이다.

그러다 언젠가 흥미가 퇴색되면 실연이 찾아올지도 모른다. '나와 다름'이라는 이유로 느꼈던 호감은 어느덧 '나와는 맞지 않는 결점'으로 느껴질 수도 있다. 계획적인 나에게 충동적인 당신은 감당하기 어렵기만 하고, 우유부단한 나에게 결단력 있는 당신은 지나치게 자기 자신을 휘두른다고 느낄 수 있으며, 자존감 낮은 나에게 자존감이 높은 당신은 오히려 스스로를 더 초라하게 만드는 존재일 수도 있다.

나와는 다른 점에 끌렸다고 해서 그것을 무조건적으로 받아들일 수 있는 것은 아니다. 다른 점을 받아들일 수 있으려면 그것이 나에게 걸맞은 것이어야 한다. 인간은 지극히 모순적인 존재다. 나와 다른 점이 모순적이게도 나와 잘 맞아야만 서로 닮아가는 관계가 유지될 수 있다.

반대로 그 흥미로움이 시간 속에서 단단하게 자리 잡으면, 두 사람의 관계는 비로소 다음 단계로 나아가게 된다. 그때부터는 상대방의 다른 점이 나에게 흡수되는 과도기의 과정이다. 나는 당신으로 인해 미처 몰랐던 모습으로 변모하며 당신 또한 당신에게 없던 나의 무언가를 배워가기 시작한다. 이 과정에서 두 사람은 완벽한 타인에서 진정한 연인 관계로 발전하게 된다. '연애'라고 이름 붙인 관계를 넘어서 신뢰감을 바탕으로 한 '결속'으로 나아가는 것이다. 그것이 바로 연애와 사랑을 구분 짓는 지점이다. 상대로 인해 달라졌지만, 그 달라진 자신이 밉지 않은 것. 나로 인해 달라진 상대방을 보며 그 모습

에서 나 자신을 볼 수 있는 것. 드디어 한 점 망설임 없이 사랑한다고
말할 수 있게 되는 것.

서로 다른 두 사람이 만나
함께 닮아가고 늙어가는 과정,
연애와 사랑과 결혼.
한 번뿐인 삶에서
가장 매력적인 요소가 아닐 수 없다.

간절함

간절함이 무엇인지 이해하는 사람 곁에 머물러라.
함께하는 좋은 순간에만 간절한 척하다
힘든 때에 쉽게 떠나는 그런 사람 말고.

힘든 순간이 와도 간절함 하나로
너와의 끈을 놓지 않는 그런 사람.

못난 놈의 부탁

사랑이 뭔지도 모르고 네 곁을 떠나서는, 돌고 돌아 헤매고 헤매다 다시 너에게 돌아간 양아치 새끼가 일말의 주저 없이 너에게 사랑한다고 말할 수 있을 때까지만 좀 기다려줘라.

주머니에 만 원짜리 한 장 없어 생고기 하나 못 먹여주고 꽝꽝 언 냉동 고기나 사주던 거지 같던 내가, 이제 돈 좀 벌어보겠다고 아등바등 살아서 번 푼돈으로 좋은 것 먹이고 예쁜 곳 데려가려고 하니, 넌 내 주머니 사정 걱정 말고 행복할 걱정이나 해라.

사랑하는 시간이 길어질수록 권태로움이 우리가 함께하는 순간을 지배할 것이다. 권태로움마저 권태로워질 때, 다시 눈빛을 번뜩이며 사랑할 수 있을 때까지 내 옆에 머물러줘라. 사랑이라는 연료가 다한다면 내 몸을 불태워서라도 뜨겁게 옆에 있을 테니. 닳고 닳아 낡은 사랑이라는 명목하에 네가 날 떠나려 한다면 세상을 뒤져서라도 새것으로 가져올 테니 옆에 머물러줘라.

사랑이 뭔지도 모르는 애송이 새끼, 너 때문에 이제야 사랑이 뭔지 알아가고 있으니 내가 삶을 전부 관통해 너라는 사람으로 내 사랑을 완성할 수 있도록, 그렇게 옆에 있어줘라.

나쁜 남자

이 세상에는 정말 나쁜 남자도, 착한 남자도 없다. 다만 상대방에 대한 어중간한 감정 때문에 나오는 행동들을 '나쁜 남자'라고 받아들이는 것일 뿐.

나를 애태우고, 갈팡질팡하게 한다는 것은 그가 매력 넘치는 나쁜 남자이기 때문이 아니라, 그저 나에게 확신이 없는 것, 그뿐. 나쁜 남자를 좋아한다는 것은, 나에게 별로 마음 없는 사람을 좋아한다는 것이나 다를 바가 없다.

당신에게 마음이 없는 사람과 만나고 싶은가? 서로 사랑하게 되는 관계는 애초에 시작도 할 수 없을 뿐더러, 당신의 고생길이 눈앞에 훤하다. 당신에게 전부를 주는 남자가 아닌, 그냥 연애할 만한 정도는 되는 상대라고 느껴 당신을 만나는 사람을 만나고 싶은가?

착한 남자를 만나라. 당신에게 전부를 다 주고도 더 줄 것 없어 아쉬워 미안해하는, 세상 모든 여자에게 못된 사람이어도 당신에게만 착한 그런 남자. 그럼 당신의 눈에선 기쁨에 겨웠을 때 말고는 눈물이 흐를 일이 없을 테니까.

나쁜 남자 말고, 나뿐인 남자를 만나라.

Merry Christmas and Happy New Year

크리스마스가 다가오면 조금 돌아서 집에 가요.

눈이 내린다고 말하면 눈이 올까요.

입김만 흩날리다, 아쉽게 집에 돌아가요.

그러던 중 눈이 온다는 소식.

헐레벌떡 뛰어나가요.

눈이 와요, 바라던 눈이.

당신도 이렇게 바라면 오나요.

사랑이든, 당신이든.

크리스마스가 다가오는 이 겨울엔

기다리지 않아도 다가올 새해처럼.

욕심

가끔 과한 욕심을 부려봅니다. 아직도 당신 삶에 내가 녹아 있기를. 내가 싫어하던 것들을 의식한다든가, 하루에 자연스레 나를 생각하는 시간이 있다든가, 여전히 나를 기다린다든가.

나의 부재에도 불구하고 내가 여전히 머무르는 모순을 바랍니다.

다시 당신과 행복해질 운명이라면 이 고통도 견딜 만할 텐데. 그게 아니라면 나는 이 고통에서 하루빨리 벗어나고 싶습니다. 왜 인간은 과거를 떠올리며 아파하는지, 그러면서도 그것을 회상이라 부르며 아름답다 여기는지 알 수 없습니다.

그립습니다. 우리의 그 계절들. 내 인생에서 당신은 완벽하게 부재할 수 없으니 당신 또한 그러했으면 좋겠습니다.

당신과 재회하지 않아도 늘 재회하며, 이별해도 이별하지 않았습니다. 사랑한다 말하지 못해도 사랑은 소멸되지 않습니다.

Chapter 2

언젠가는

떠올릴 수 없게 된다

아픔의 방식

이별을 한 뒤에 상대방에게 너도 나처럼 아팠으면 좋겠다는 말을 들은 석이 있다. 아마 상대방의 입장에서 볼 때, 내가 너무 태연해 보여서 그런 말을 했던 거라고 생각한다. 이별한 아픔의 몫이 순전히 자신만의 것 같아서, 아파 보이지 않는 상대가 미워서. 눈물을 흘리고, 식음을 전폐하고, 일상생활을 이어가지 못했던 그녀와는 다르게, 나는 눈물도 흘리지 않았고 밥도 잘 챙겨 먹었으며 일상생활 또한 멀쩡히 이어갔으니까. 그런 나라는 인간이 몹시도 미웠을 것이다. 그 사람의 저주 섞인 말을 이해한다. 허나 세상에 그 누가 자신의 삶에 공백이 생겼는데 마냥 태연할 수 있을까. 그저 그 태연하지 않음의 표현 방법이 다를 뿐.

네가 눈물을 흘릴 때 나는 이렇게 가슴이 아픈데도 눈물 한 방울 흐르지 않는 내가 미워 스스로를 더 원망했다. 몸에 쌓인 노폐물을 땀으로 흘리는 것처럼 가슴에 쌓이고 쌓인 슬픔을 눈물로 흘리고 싶었기 때문에. 네가 끼니를 거를 때 그런 너를 떠올리며 가슴이 찢어지듯 아팠다. 그렇기에 적어도 나는 끼니마저 거르며 망가져가는 모습에 네가 아프지 않기를 바라며 억지로 밥을 넘겼다. 네가 아무것도 하지 못하며 나를 그릴 때 나는 무엇이라도 하며 너를 잊으려고 했다. 혹여나 다시 너에게 돌아가 또다시 맞지 않는 인연으로 너를 괴롭힐까 봐. 그래서 너에게 더 큰 상처만 줄까 하는 우려 때문에.

아픔을 표현하는 방식은 다양하다. 누구는 얼굴로 울지만 누구는 가슴으로 운다. 누구는 떠올리며 아파하지만 누구는 잊으려고 악을 쓰며 아파한다.

나처럼 아파해본 적 없다면 모를 거다. 나도 너처럼 아파본 적이 없어서 모른다. 너처럼 아프지 않다고 해서 아프지 않은 것이 아니라는 걸 우리는 온전히 이해하기는 어려울 거다. 사랑하던 시절, 너는 나고 나는 너라는 말을 입에 달고 살았어도, 결국 너는 나이거나 나는 너이지 않으니까. 언제라도 나는 나이고, 너는 너일 테니까.

내 삶의 나사

　　외로움이 이따금씩 치밀어오를 때면 너랑 온몸으로 부둥켜안고 있던 순간을 떠올린다. 함께 누워 있을 때 너는 늘 벽 같은 사람이었다. 매번 나를 등지고 누워 있었기 때문에. 내가 싫어서 그런 건 아니었을 거다. 작고 사소한 너의 습관 같은 것이거나, 뒤에서 안기는 걸 좋아해서 본능적으로 등을 보이게 누웠다고 생각한다. 하지만 나는 그런 모습이 싫어서 늘 너에게 나를 향해 돌아누우라고 잔소리를 했다. 같이 있어도 좀 더 마주보고 싶다고. 등을 보이고 있는 너 또한 온전한 너이겠지만, 너의 그 두 눈에도 나를 담고 있는 모양새의 너를 더 눈에 담고 싶었기에. 서로가 서로를 담고 있는 눈동자로. 그럼 너는 그제야 나를 향해 돌아눕고, 나는 너를 온몸으로 부둥켜안을 수 있게 된다. 내 팔을 너의 목 밑 틈으로 넣고, 다리를 포개고, 남은 팔로 너를 가득하게 안으면 부둥켜안은 모양새가 된다. 허전했던 나의 나머지를 찾은 것처럼. 이음새가 헐거웠던 내 삶을 꼭 조인 것처럼.

석 달뿐인 여름

요즘 부쩍 울고 싶다고 생각할 때가 많다. 그렇게 생각하면 눈물이 왈칵 치민다. 하지만 딱 그 정도일 뿐 눈물이 쏟아지지는 않는다. 그럼 괜히 헛웃음만 더 크게 지을 뿐. 난 결국 웃는다. 난 울지 못해 웃는 그런 사람이다.

그럴 때면 울음이 많은 사람들이 부럽다. 몸에서 무언가를 빼낼 수 있다는 것. 왠지 모르게 그만큼 감정의 무언가도 덜어진다고 느낄 수 있을 것 같아서. 잘 울지 못하는 나를 원망한다.

계절이 하나 지나며 날씨는 두 계절 사이의 경계선에서 오락가락할 때, 외출하기 전에 옷차림을 어떻게 해야 할지 고민하는 이때. 모든 것이 명확한 것이 없는 이런 시기에, 누군가가 떠났다면 그것은 더욱 와 닿을 것이다. 가끔 생각한다. 우리는 계절이 지나간다고 생각하지만 사실은 우리가 지나가는 거라고. 여름에서 가을로. 이 추억에서 저 추억으로. 그렇다면 나는 다만 아직 여름에 머무는 걸까. 전부 지나와놓고서 아직 뒤를 돌아보고 있는 걸까.

아무것도 손에 잡히지 않던 시기가 있었다. 모든 시간을 자기혐오와, 그 혐오를 강화할 수 있는 혐오스러운 행동들에 쏟아부었다. 이성적인 판단으로 저지른 행동은 아니었다. 사람은 자기 자신이 부끄러우면 그 구렁텅이에 더 깊이 빠져들어 차라리 자신을 혐오하고 만다. 그 편이 마음 편하기에. 턱 끝까지 혐오가 들어찰 즈음 누군가가 손을 잡아줬다. 익숙한 손이었으나 이내 떠났다. 익숙함보다 더한 따스함은 없다는 걸 그제야 깨달았다.

무라카미 하루키가 그랬다. 여름이 석 달밖에 안 되는 건 참 애석한 일이라고. 헛소리라고 생각했으나 지금은 괜시리 고개를 끄덕인다. 유독 괴롭던 여름. 더위에 구역질을 할 만큼 덥던 여름. 손에 땀이 가득해 너의 손도 맞잡아주지 못한 여름. 후회만 가득했던 여름.

지난날

　　　　　　　　너와 함께했던 지난날들을 떠올려본다. 우리는 사랑을 했었다. 처음 만난 날, 한강을 갔다. 그때 너는 어깨가 훤히 드러나는 옷을 입고 있었다. 생전 찾아 먹어본 적이라고는 없는 스테이크를 먹었고, 유리병 통째로 나오는 음료수에 빨대를 꽂으며 웃음 지었다. 네가 고개를 숙일 때 윗옷의 어깨가 파여진 틈 사이로 속옷이 보이려는 걸 나는 애써 외면했다. 당신을 훔쳐보기보단 당당하게 바라보고 싶다고 생각했으니까. 그러한 순간이 찾아왔을 때 정당한 자격을 가질 수 있기를 바라며. 발이 아프다는 당신에게 고작 줄 세 개가 전부인 슬리퍼를 사다주기도 했다. 당신은 시간이 많이 흐른 뒤에도 그날의 이야기를 종종 하곤 했다. 그렇게 배려하는 모습을 봤을 때 나와 만나기로 마음먹었다고. 그날의 나는 헐레벌떡 편의점으로 뛰어가서는 슬리퍼를 사왔다. 이것을 당신에게 건네줬을 때 세상에서 가장 기뻐해줬으면 하는 마음으로. 아마 그 마음이 닿았던 거라고 생각한다.

　　당신은 내가 좋아하는 편안한 옷을 자주 입었다. 위아래 한 쌍인,

검은색 롱치마에 지퍼가 달린 후드 티. 나는 당신이 그걸 입고 있으면 나와 함께하는 순간을 편하게 여기는 것 같았다. 얼마든지 함께하겠다고 옷차림으로 말하는 것 같았다. 그래서 잔뜩 꾸며 입은 옷보다 그 옷차림을 좋아했다. 카메라를 들이밀면 두 손으로 얼굴을 가리는 것도 좋았다. 길거리를 걷다가 엉뚱하게 앞으로 먼저 뛰어가서 걸어오는 당신을 영상으로 담으려고 하면, 당신은 두 손으로 얼굴을 가리며 걸어왔다. 얼굴은 보이지 않았어도 두 손 뒤로 환히 짓는 미소는 확실했다. 밤거리가 떠나가라 크게 웃었으니까. 카드 결제조차 안 되는 자그마한 동네 슈퍼가 있는 사거리에서 우리는 행복했다.

때로는 그 거리에서 다투기도 했다. 나는 나의 마음을 몰라주는 당신이 미워서 길가에 있는 건물 벽에 머리를 박는 시늉도 했다. 그럼 당신은 그러지 말라며 나를 말려줬으니까. 순간의 감정보다 나를 중요시해줬으니까. 우리의 갈등보다 내가 아프지 않기를 먼저 바랐으니까. 난 그게 좋았다. 감정은 그 순간의 그 사람 자신이다. 자신의 감정보다 내 안위를 걱정해준다는 건 자기 자신보다 내가 소중하다는 의미 같았다. 그런 당신이 좋았다. 나를 아껴준다고 생각했으니까.

우린 그렇게 사랑했다. 다 망가져서 그때와는 너무 다른 우리를 보며 그 순간을 간혹 떠올린다. 이젠 상대보다 스스로를 지키기 위해 행동함에도. 상대방이 상처받아도 나만 상처받지 않는다면 괜찮다고 말하는 우리가 밉다. 나는 당신이 아니라 우리가 밉다. 나를 미워해도 바뀌는 건 없었다. 미운 건 내가 아니라 우리였다. 결국 우리는 우리여서 실패했다. 사랑이 실패했다고 생각했지만 우리가 실패한 거였다.

최악의 때에 떠올리는 최고의 때는 눈물겹다.
우리는 최고였다. 최고로 사랑했다.

최악인 지금이라도 분명 그때는 선명하다. 눈이 온다. 크리스마스에 눈을 함께 보자고 약속했고, 이별한 뒤에도 크리스마스 날 무작정 너를 찾아가봤고, 한참이 흐른 뒤에 눈이 온다는 걸 핑계로 연락도

해봤고 더 이상 맞지 않는다며 모든 것을 끝내보려고도 했다. 어거지로 인연을 이어가며 최악의 모습도 지켜봤다. 서로에게 수많은 상처를 줬다. 한때는 서로의 상처를 보듬어주기 바빴지만, 이제는 자신이 받은 상처에 허덕이느라 상대방에게 준 상처를 보지 못하게 됐다. 우리는 이렇게 망가졌다.

끝날 것이 분명한 인연은 아름답다. 잔인해도 아름답다. 아니 사실 너무 괴로워서 아름답다고 믿고 싶은 걸 수도 있다. 우린 아름다웠으니까. 이 고통들도 과거형으로밖에 표현되지 않는 사랑의 아름다움 그 일부라고 말하고 싶다.

더 이상 나의 상처가 상대방의 슬픔이 되지 않는 시간 속에서 나는 후회한다. 그래도 사랑이겠다.

지나간 사랑도 사랑이겠다. 시든 꽃도 시든 '꽃'이겠다.
지나간 사랑도 여전히 사랑이라고 불리겠다.
그러니 최악의 사랑도 엄연히 사랑이겠다.

　만약 과거로 돌아갈 수 있다면 너에게 조금 더 편한 슬리퍼를 사다
주고 싶다. 두 손으로 가린 너의 얼굴을, 그 고운 두 손을 치워서라도
영상으로 남기고 싶다. 함께한 많은 밤들이 조금 더 따스하기를 바라
며 보일러의 온도를 조금 더 올리겠다. 벽에 머리를 박는 시늉을 하며
너 자신보다 나를 소중하게 여기게 할 것이 아니라, 너는 소중한 사람
이기에 너 자신을 소중히 여겨야 한다고 말해주고 싶다. 상처들을 전
부 되돌리고 싶다. 네가 간신히 말해준 네 아픔들을 너를 상처 주기
위한 수단으로 쓰지 않았을 거다. 그리고 아름답게 이별하고 싶다. 이
모든 것들이 떠오르는 것만으로도 아름다울 수 있을 만큼.

우리가 다시 만나도 그때 그 모습으로, 그 시절로 돌아갈 순 없겠지.

그러니 난 평생을 지나간 그 순간을 그리워하며 살 수밖에.

너도 그랬음을

오늘 우연히 나에게 큰 상처를 줬던 사람을 목격했다. 괜찮아졌다고 생각했는데 숨이 가빠지고 손이 떨렸다. 시간이 많이 지났다고 해서, 생각나는 빈도수가 줄어들었다고 해서 괜찮아진 게 아니었다.

그리고 네가 떠올랐다. 내가 했던 과거의 실수들을 여전히 붙들고 매일 힘들어하던 너. 다 지난 과거인데 왜 못 잊느냐며 너에게 윽박지르던 과거의 나를 원망했다. 너도 나처럼, 여전히 괜찮지 않았던 건데.

언젠가는 떠올릴 수 없게 된다

　눈에 보이지 않는 것들을 사랑한 적이 있다. 지금은 볼 수 없는 당신의 머리칼이 흩날리는 모습, 겨울이 다가오면 차가워질 그 손, 호흡을 내뱉을 때마다 허공에 흩어질 입김. 볼 수 없어도 선명히 눈에 보이는 그것들을 나는 사랑했다.

　꼭 볼 수 있는 것만 사랑하는 것은 사랑이 아니라고 생각했으니까. 볼 수 없어도 난 당신을 사랑하겠다고 생각했으니까.

　시간이 좀 지나고 깨달은 게 있다면, 볼 수 없는 것은 그저 볼 수 없는 것에 그치는 것이 아니라 '만질 수도 없다는 것'이었다. 그것들을 떠올릴 순 있으나 그것들의 감각이 희미해진다는 것이었다. 당신의 머릿결이 뻣뻣했는지, 입김은 어떤 온도였는지, 손은 거칠었는지, 날이 갈수록 희미해져 떠올리기조차 어려워진다는 것이었다. 보이지 않아도 언제까지 떠올릴 수 있다고 생각한 나였으나 그것은 착각임을 깨달았다. 우리들은 보이지 않는 것을 언제까지나 사랑하기엔, 너무나 유한하고 망각하는 존재들이다.

내가 네가 될 일은
없을 테니까

우린 너무 다르다. 저 극단에서 이 극단까지 거리가 얼마나 될지 가늠해본 적이 있다. 너는 남극에 살아서 눈보라가 치지 않는 날에는 날이 제법 풀렸다고 말하는 편이었고, 나는 이곳 서울에 살아서 눈이라도 내리면 내일부터 조금 따듯하려나 하고 생각했다. 거리가 참 멀어도 아주 긴 실로 우리를 이어줄 수 있는 종이컵 전화기 같은 게 있으면 좋겠다고 생각했다. 남극부터 서울까지. 너무나 먼 거리겠지만 목소리만 닿는다면 좋을 거라고 생각했으니까. 우리는 같은 언어로 눈이 온다고 말하지만 이미 다른 의미로 말하고 있었다. 말이 같다고 해서 의미까지 같다는 건 착각이었다. 너와 난 너무 다른 극단에서 사는 사람이었다.

사람들은 전부 다르고, 서로가 영향을 미쳐 변할 수 있다고 하지만 정작 크게 변하는 건 몇 없다. 그건 그저 함께하는 순간을 공유할 때 서로가 같은 결론을 도출했다고 생각해서 닮아간다고 착각한 것이지, 인간은 모두 태생부터 다르다. 그 순간 같은 결론을 내렸다고 해서 그 두 인간이 같은 인간인 건 아니다. 같은 음식을 먹었다고 좋아하는 음식이 같은 게 아니듯. 눈을 마주하고 있다고 같은 생각을 하는 게 아니듯.

거기엔 여전히 눈보라가 친다. 이곳 서울에도 가끔 눈보라가 친다. 눈보라가 그치고 눈이 내리면 생각해본다. 너의 언어는 대충 이런 의미였던 걸까. 절대로 정확히는 알 수 없을 거다. 내가 남극에 가거나, 네가 될 일은 없을 테니까. 나는 언제까지나 나일 테니까. 우리라는 착각은 그저 함께하던 순간에 함께 내린 같은 결론에서 나온, 뜨거운 물에 금방 녹아내릴 달콤한 설탕 같은 거니까.

행복하자, 아프지 말고

　　　　　내 아픔과 똑 닮은 아픔을 가진 사람을 만나고 싶다고 생각한 적이 있다. 쉽사리 이해받을 수 없는 나의 아픔을 이해해줄 수 있으리라 생각했기 때문에. 가장 어두운 곳에 숨겨야만 했던, 누군가에게 함부로 보이기 어려웠던 그런 아픔. 함부로 보여줄 수 있는 것이 아니지만, 같은 상처를 가진 사람이라면 구태여 보여주려 하지 않아도 서로 느낄 수 있으리라 믿었기 때문에.

　그리고 그런 사람을 만났다. 나와 비슷한 상처를 가지고 있는 사람. 물리적 조건은 다를지 몰라도, 가진 상처의 정도, 종류, 그로 인해 느껴온 고통들. 그것들이 아주 비슷하다고 느낄 수 있는 사람. 예상했던 것처럼 꼭 집어 말해야 알 수 있는 것이 아니라, 자연스러운 생활의 습관이나, 버릇처럼 쓰다듬는 부위나, 도망가듯 피하는 대화 주제들. 그런 일상적인 것들에서 상처를 느낄 수 있었다. 비슷한 상처를 가지고 있다는 건 마치, 서로를 알고 싶지 않아도 빠져드는 것만 같았다. 비슷한 상처를 공유하기에 가능한 것이라고 믿었다. 서로 조금 덜 아플 수 있을 거라고 믿었다.

시간이 흘러 깨달은 건, 아픈 사람에게 필요한 건 똑같이 아픈 사람이 아니라 건강한 사람이라는 것이었다. 병약한 둘이서 할 수 있는 건, 서로의 고통을 이해하는 게 전부였다. 이 고통을 어떻게 대해야 하는지, 어디로 나아가야 하는지. 누구도 모르기에 그저 마른 숨소리만 내뱉으며 서로의 고통을 바라봐주는 것밖에 할 수 없었다. 나도, 너도. 함께 아프다는 건 사랑할 수 있다는 증거 같은 거라고 생각했는데 그것은 낭만보단 절망에 가까운 무력함이었다.

당신이 아프다면 부디 건강한 사람에게 가라. 그 건강함으로 나를 힘껏 밀어줄 수 있는 사람. 나만큼 아팠지만, 지금은 괜찮은 사람. 어떻게 해야만 건강해질 수 있는지, 왜 건강해야 하는지 아는 사람. 또한 나를 그만큼 건강하게 만들어주고 싶어 하는 사람. 나의 고통을 자신의 고통처럼 아파해서 자신의 건강마저 나눠주고 싶어 하는 사람.

고통은 이해받는 게 아니라,
치유해야 한다는 걸 정확하게 알아야 한다.
우리는 아프지 말아야 하는 것이지,
그 아픔이 무엇인지 누가 알아주는 것만으로는
괜찮아질 수 없다.

깜지

너는 백지 같은 사람이었다. 좋아한다고 말하는 건 고사하고 눈조차 제대로 마주치지 못하는 사람이었다. 그 백지를 가득 채우고 싶었다. 네가 나의 깜지가 되길 바랐다. 내 이름 세 글자로만 가득한 깜지. 다른 사람 이름은 적을 수도 없게. 어릴 적 반성을 위해 쓰던 깜지에 진심은 없었다. 그저 채우기 위해 썼을 뿐. 억지로 너란 백지에 내 이름을 욱여넣고는 알았다. 단지 채우기만 하는 게 중요한 게 아니라 어떤 내용으로 채워야 하는지를 먼저 고민했어야 됐다는 걸.

나는 너에게 맹목적으로 내 이름만 채웠고, 너는 사랑하는 방법을 아는 사람이 아니라 나만 아는 사람이 됐다. 그래서 망가졌다. 사랑은 채움이 아니고 방식이다. 상대에게 나를 가득 집어넣어 배부르게 하는 게 아니라, 더 맛있는 걸 먹여주는 거다. 나는 그걸 몰랐다.

세상에서   제일   맛있는   도시락

나는 공간과 관련하여 그곳에 자리 잡은 물질적인 것들보다, 비물질적인 것에 대한 의미 부여를 더욱 많이 하는 사람이다. 가령 나에게 우리 집 주방은 식사를 준비할 수 있는 공간이라기보단, 너와 함께 도시락을 만들던 기억이 있는 곳이다.

그날 넌 나와 함께 소풍을 갈 생각에 잠도 제대로 자지 못했다. 새벽 네 시 반, 넌 이른 시간에 깨서는 주방에서 도시락을 준비했다. 나는 잠귀가 밝아 몇 번이고 잠에서 깼는데, 넌 그때마다 완성된 도시락을 짜잔 하고 보여주고 싶으니 어서 다시 잠에 들라고 했다. 나는 잠에 들려고 노력했지만 참 기특하고 예쁜 너의 마음에 웃음 짓느라 잠에 들지 못했다. 이불 밑에서 자는 척하며 숨죽여 미소 짓던 나는 행복했다.

문 건너편 주방에서는 요리라고는 해본 적도 얼마 없는 네가 고군분투하는 소리로 가득했다. 그리고 몇 시간 뒤. 도시락은 완성됐고, 나는 맛있게 먹었다. 자투리 도시락은 아침 식사 대용으로 먹었고, 나머지는 소풍을 위해 용기에 넣었다.

　주방을 지나칠 때마다 그때의 기억이 선명하다. 물론 난 그 음식들을 맛있게 먹었지만, 더 힘껏 맛있게 먹어줬어야 했다. 세상에서 제일 맛있는 음식이라고 과장을 하며 펄쩍펄쩍 뛰어다녔어야 했다. 나는 그랬어야 했다. 그렇게 하지 못한 게 후회된다. 지금 주방은 나에게 고통만 안겨주는 공간이다.

혼잣말

당신은 좀 소란스러운 존재였습니다.

내 삶은 늘 고요했고, 바람이 다소 차가웠습니다. 소음이 싫었기에 전 귀를 늘 막았습니다. 그 막힌 귀에도 당신의 목소리는 선명했습니다. 썩 싫지 않은 소음이라 종종 귀를 기울이곤 했습니다. 그러다 그 소음이 살그머니 좋아졌고, 조금 소란스러워도 괜찮겠다, 라고 생각하게 됐습니다. 그래서 난 당신에게만 귀를 기울였고, 당신은 나에게 많은 소리들을 들려주었습니다.

웃음소리는 듣기엔 좋지만 가끔 서글펐고, 침묵은 당신이 나를 닮아간다는 증명이었으며, 울음소리는 듣기엔 썩 불편하나 당신이 나에게 숨겨왔던 외로움을 들려주는 것이라 생각했습니다.

당신의 소리가 떠나고 제 세상은 너무 고요합니다.

적막함을 즐기던 제가 소란함을 그리워하니 스스로가 밉습니다. 외로움을 해소하기 위해, 제 세상을 저의 소리로 채워가기 시작합니다. 혼잣말은 외로운 자들의 습관이라는 것을 이제야 알겠습니다.

울어도 괜찮아

가볍게 연필로 쉬이 적었던 것들은 쉽게 지워낼 수 있었다. 자국도 남지 않게. 하지만 한 자 한 자 꾹꾹 눌러쓴 것들은 아무리 지우고 지워봐도 그 흔적이 남아 있기 마련이었다. 나는 그런 종류의 미련한 사람이다. 한 자 한 자 눌러쓰는 사람.

대학 시절 논술 시험이 잦았다. 하물며 철학을 전공하는 나는 어떠했겠는가. 거의 모든 시험이 논술 시험이라고 봐도 무방할 정도였다.

나로서는 시험 때마다 아주 곤욕이었다. 눌러쓰는 습관 탓에 서술하는 시간도 오래 걸리고, 한 번의 시험이 끝나고 나면 손이 너무 아팠기 때문이다. 심지어 시험이 연속으로 있는 날에는 온종일 손의 통증이 가시지 않기도 했다.

나에겐 사람의 자국도 그와 다를 바가 없었다. 누굴 만나든 그 사람과 나 사이의 한 글자 한 글자를 꾹꾹 눌러쓰는 게 나였다. 이야기가 전개되기엔 오래 걸려도, 한낱 한 문장일지라도 마침표를 찍는다면 영원히 가슴속에 남기는 그런 사람. 그 문장을 버려야 할 사이가돼서 아무리 지워도 그 자국을 지우지 못하는.

지우개로는 지워지지 않는 자국을 지우려 더 강한 것으로 지워봤다. 자국이 지워졌나 싶었지만 그건 지워진 게 아니라, 그 자국이 남은 살을, 기억을 통째로 도려낸 것이었다. 그만큼 내 삶에는 공백이 생겼다. 그리고 그 공백 사이로는 깨진 치아에 드는 치통 같은 시린 아픔이 느껴졌다. 그건 또 다른 종류의 아픔이었다.

지워지지 않는 자국들을 보며 눈물짓는 걸 마냥 슬픈 일이라고 생각했지만 그것을 통째로 도려내고, 삶의 공백에 파고드는 치통이 밀려온 후 느낀 것이 하나 있었다. 눈물짓는 건 고통이라기보단 인간이 본질적으로 과거를 되돌아볼 때 짓는 습관 같은 거라는 걸. 햇살에 눈이 부시면 눈살을 찌푸리듯, 추우면 몸을 움츠리듯. 아주 자연스러운 것. 그리고 그 자연스러운 것들이 우리를 고통스럽게 하던가. 오히려 살아가게 하지. 햇살에 눈이 부시면 눈을 보호하도록 눈을 찌푸리고, 추울 땐 더 따뜻하기 위해 몸을 움츠리고, 과거의 자국들을 보며 마냥 후회하지만 않도록 눈물짓는 것이다.

자국을 보며 눈물짓자.

우리는 울지 않기 위해 살지 않는다. 눈물짓기 위해 살아간다.

나의 자국들은 나를 눈물짓게 하는 진통제다.

사랑의 감기

긴 시간을 함께 한 연인과 이별하면 반드시 이별의 아픔이 찾아온다. 슬픔의 열이 펄펄 끓고 이별의 땀이 흐르다 보면 어느덧 건강해지는 시기가 찾아오기 마련이다. 그와 만나기 전의 시간으로 돌아간다. 원래 당신이 없던 삶으로 돌아오는 것이 썩 어려웠으나 선택지는 없다. 그저 그렇게 될 뿐. 한동안 괜찮다가 하필 나를 아프게 하는 것들을 보게 된다. 당신의 친구들을 우연히 만난다든가, 당신이 맛있게 먹던 무언가를 나 또한 맛있게 먹고 있다든가, 같이 걷던 거리를 혼자 지나가다 같이 걷고 있는 우리를 만난다든가. 괜찮아졌다 싶은 아픔들이 이따금씩 코끝을 시큰하게 하며 올라온다. 가신 줄 알았던 열병이 재발한다. 아픈 줄 모르고 있었는데 그저 조금 괜찮아졌던 것뿐이었다는 걸 알게 된다.

아프지 않다는 것이 꼭
괜찮아졌다는 걸 의미하진 않는다.

이제 아프진 않아도 아직 당신 때문에 괜찮지 않을 수 있다. 그렇게 이별이란 두통은 가셔도 오래도록 감기 기운처럼 남아 있다. 겨울이 지나가는 내내. 괜찮은 듯싶다가도 다시 아파지면서.

머리가 지끈거리는 불면의 밤,
나한테 필요한 건 내 마음을 온전히 이해해줄 수 있는 누군가다.

보고 싶어 하지 말고 울어라

이별을 하려거든, 사랑하듯 힘껏 해라. 누군가는 사랑은 어렵고, 이별은 쉽다고 생각한다. 사랑은 사랑한다는 말 한마디로 시작될 수 없지만, 이별은 그저 인연의 끝을 고하는 말 한마디에 될 수 있다고 믿기 때문에. 하지만 사랑만큼, 아니 어쩌면 사랑보다 더 어려운 게 이별이더라.

아직 차마 지우지 못한 기억 때문에 나는 익숙한 것들에서 너를 본다. 남아 있는 마음은 재회를 바란다. 함께라는 당연함이 홀로라는 낯설음으로 날 덮치고, 눈부실 만큼 좋은 햇살은 나를 눈물겹게 한다.
사랑을 시작하기까지 망설이고 고민하고, 설레면서 홀로 행복한 상상을 하고. 그렇게 사랑을 시작하기에 사랑이 어렵다고 말한다.

이별은 그저 이별의 단어를 먼저 말하고 시작하게 될 뿐, 그 후에 오만 가지 것들이 나의 삶에 들어차는 것은 사랑과 별반 다를 바가 없다. 도리어 아픈 것들이기에 더 춥고, 외로운 싸움의 시작이다.
이별은 말 한마디가 아니다. 이별의 말을 한 뒤의 외로운 견뎌냄이다. 이따금씩 북받치는 그리움이다. 끝도 없이 원래의 우리로 돌아가려는, 그리고 온전한 '나'로 있으려는 갈등이다. 견뎌내지 못하면 아픈 인연으로 다시 돌아갈 수도 있는 불안정함이다.

아프지 말고 견뎌라.
보고 싶다 하지 말고 울어라.
돌아가지 말고 도망가라.
사랑이란 게 사실 썩 그렇게 좋은 것만이 아닐 수도 있다.

널 미워하진 마

사랑했던 사람이 있다. 그러던 어느 날 별로 알고 싶지 않은 그 사람의 치부를 알아버렸다. 그 치부 때문에 그 사람이 미운 게 아니고, 그게 떠오를 때마다 나를 너무 괴롭게 했다. 그리고 그런 내 모습으로 인해 상대방마저 괴로워졌다. 그래서 떠나갔다. 나는 본래 사랑하는 것보다 괴롭지 않은 것이 더 중요한 사람이라서. 서로를 괴롭게 한다면 사랑해도 만남을 멈추는 사람이라서. 그리고 그 사람이 자책하는 걸 봤다. 자신이 전부 이렇게 만들었다고. 자기 자신이 제일 싫다고.

적어도 네가 스스로를 미워하게 만들어서는 안 됐는데. 아직도 가끔 후회한다.

책갈피처럼 남는 것이 당신

분명 미워해야 하는 사람인데 여전히 사랑한다. 이런 나를 문득 알아챌 때 헛웃음이 덜컥 나온다. 나는 이리도 나약하고 한심하다가도 감정에는 솔직한 사람이었는지. 입추가 되니 꼭 페이지가 넘어가듯 더위가 지나갔다. 사랑은 페이지가 아니라 넘겨지지 않는다. 난 너에게 몇 쪽일까.

분홍색 파자마

드디어 네 잠옷을 버렸다. 딱 반년이 걸렸다. 차마 개어놓지도 못했다. 너와 마지막으로 함께 있을 때 빨래를 해야겠다며 빨래통에 넣어놓은 그대로 방치돼 있었을 뿐. 매번 빨래를 할 때마다 같이 세탁기에 들어가서는 빙글빙글 돌았을 뿐. 그리고 건조됐다 싶으면 바로 다시 빨래통에 들어가기를 반복했고. 세탁되고 건조되기를 마흔 번 정도. 빛이 바래질 법도 한데 왜 여전히 처음 나와 맞춰 입었을 때의 빛깔 그대로인지. 샤워를 하고 수건을 빨래통에 넣을 때마다 곱게 펼쳐서 넣는다. 잠옷이 가려졌으면 하는 마음에. 빨래가 쌓이면 자연스레 가려져 잊혀질 법도 한데, 왜 꼭 빨랫감을 세탁기에 집어넣을 때에 너는 그 존재감을 들이밀며 내 눈에 강하게 들어오는지. 때마다 가슴이 아프게.

드디어 네 잠옷을 버렸다. 의류 수거함에 거칠게 집어넣었다. 더는 네가 입지도 않는 잠옷을 빨 일도, 건조시킬 일도, 빨래통에 넣으며 외면할 일도, 그 옷을 가리려 사용한 수건을 펼쳐서 빨래통에 넣을 일도 없을 것이다. 하지만 빨래가 싫어진 습관은 잘 고쳐지지 않는다.

비가 내린다. 빨래를 가능한 한 미루어야겠다.

혼자임을 충분히 사랑해도 외로움이 습격하는
밤에는 어쩔할 도리가 없다.

영원이 있는 세계

그 아이는 좀 이상한 습관을 가지고 있었습니다.
우리들의 모든 상황에 '만약'을 가정하며, 패럴렐 월드, 병렬의 세계에서 그 '만약에'를 행한 우리들은 어떤 모습일지 상상하는 뭐 그런 습관입니다.

예를 들어 함께 스파게티를 먹은 날엔,

"만약에 우리가 김치찌개를 먹었다면 너의 흰 옷에 실수로 국물을 튀겨선 된통 다쳤겠지? 그 세계의 우리는 지금 아주 아플 거야. 다행이다, 나는 지금 이 세계에서 숨 쉬어서. 너랑 행복해서."

라고 말하곤 했습니다
난 부질없는 상상들이라 생각했으나, 천진난만한 표정을 하며 말하는 그녀의 이야기를 잘라먹을 수 없어 조용히 들었고요.

그리고 지금, 저는 상상합니다. 만약 정말 영원이라는 것이 존재하는 세상이 있어 그곳에 우리가 함께했다면 어떠했을지. 함께하는 모든 순간이 영원할 거라 믿었다가, 그 영원의 단편만 보고 결국 소멸해버린 이 세계에서.

그 영원이 존재하는 병렬의 세계에서 지금 우리는 미소 짓고 있습니다. 그 세계의 저를 상상하며 영원을 잃은 아픔을 달래봅니다.

느리고 아파서

내가 아프다고 말할 때, 당신은 처음엔 당신이 더 아프다고 말했다. 내 고통은 그저 당신의 고통에 가려져서 보이지 않는 배후 정도로 치부될 뿐이었다.

그리고 훗날, 내가 아프다고 말할 때 당신은 자신도 아프다고 했다. 우리는 같은 고통을 느끼고 있는 것이라고. 나도 아프고 당신도 아프니, 우린 자신의 아픔을 돌아보느라 서로를 다독여줄 수 없을 것이라고 했다.

그리고 끝이 드리울 때, 당신은 말했다. 나의 아픔이 보인다고. 그간 그 아픔을 봐주지 못했다고. 여태 돌봐주지 못한 그 아픔들이 참 안쓰러워, 품에 품고 싶다고. 마지막이 드리울 때 즈음에야.

나는 생각했다.
왜 세상의 모든 것들은 이렇게 느린 것일까.
우리들은 결국 너무 느려서 아픈 걸까.

나 또한 이제야 내 고통에서 눈을 돌리고는 당신의 고통을 본다.
너무 느리게 보인 고통이 아프다. 우린 느려서 아프다.

우산을 던지고

비 온다. 넌 비 내리는 날을 싫어했다. 습하다, 춥다, 너를 만나려 애써 예쁘게 만진 머리가 금방 풀린다, 찝찝하다, 넌 비만 오면 종일 투덜거렸다.

그래서 우린 비만 오면 늘 집에 붙어 있기 바빴다. 축 처진 공기, 온종일 우릴 감싸던 나른함, 지붕을 때리던 빗소리.

너와 난 온종일 침침함을 벗어나지 않았다. 하루 종일 넌 내 위에서 내렸다. 퍼붓는 비만큼 온종일 내 위에 내리기 바빴다. 넌 나를 적시고, 난 너를 온몸으로 맞았다. 우산 같은 건 쓰지 않았다. 난 비를 피하지도, 젖은 몸을 말리지도 않았다. 온종일 너에게 젖어 있었다. 난 하루 종일 비가 그치지 않기를 바랐다.

너 없는 지금도 난 여전히 너에게 젖고 있다.

호흡과 너

　　　　　누군가를 사랑하고, 그 상실에 대한 아픔으로 아파한다. 난 그 감정을 느껴본 적 없는 사람이 부럽다. 이 아픔은 내 가슴을 난도질한다. 공적인, 사적인 영역을 넘어 인생이라는 영역 전체에 영향을 미치며 나의 삶을 아프게 한다. 이 고통은 단순히 사랑을 상실한 아픔이 아닌, 내 삶에 대한 회의감, 때로 호흡에 대한 두려움으로 이어진다. 나는 숨을 깊게 들이쉴 때마다 많이 아프다. 나는 너를 생각할 때마다 한숨을 들이쉴 뿐이다.

고슴도치

      우리 집에는 에어컨이 없었다. 너랑 나는 한창 여름에 만났는데, 선풍기 하나로 견디기엔 참 곤욕이었다. 우린 그 뜨거운 열기를 견디며 강하게 서로를 품고 있었다. 만약 내가 고슴도치나 선인장이었더라도 넌 나를 품었을 거라고 믿을 만큼. 우리에게 더위나 아픔은 중요하지 않았다. 그땐 그랬다.

  여름의 초입, 나는 혼자인데도 불구하고 많이 덥다. 눈물이 날 만큼. 그래서 변기를 붙잡고 구역질을 할 만큼.

때로는 사랑이라 쓰고 절망이라고 읽는다.

약을 먹는 일이 잦아진다는 건

언제부터인지 모르겠습니다. 밥을 안 먹고 약을 먹기 시작한 게. 어릴 적엔 식후 30분 뒤에 약을 먹으라는 말이 마치 지키지 않으면 큰일이 난다는 것인 줄 알았습니다. 그래서 마지막 밥 숟갈을 넘긴 시간을 기준으로 정확히 30분이 돼서야 약을 먹곤 했지요. 당시의 저에게 약을 먹는 일은 간혹 있는 일이었기에 그 권고가 마치 청천벽력처럼 떨어진 강제와도 같았습니다.

근데 세월이 갈수록 왜 이리 약을 먹는 일이 잦아집니까. 그제는 장이 아파서, 어제는 잠이 안 와서, 오늘은 마음이 아파서 약을 먹었습니다. 이토록 약을 먹는 일이 잦아지니, 어찌 꼬박 식사를 챙긴 뒤에야 약을 먹을 수 있겠습니까. 먹어야 할 약은 산더미인데, 정작 끼니는 챙길 시간도 없을 만큼 바쁘니 말이죠.

그래서 요샌 그냥 빈 속에 약을 먹습니다. 처음엔 속이 좀 쓰렸으나 그 정돈 이제 익숙합니다. 산다는 건 갈수록 약을 더 많이 먹는 일입니까. 아니면 끼니를 거르고 약을 먹는 일에 익숙해지는 것입니까.

요샌 끼니보다 약을 더 많이 먹곤 합니다. 나중엔 약이 주식이 되고, 아플 때에나 밥을 먹는 날이 올지도 모를 지경입니다.

하나의 부재와 백의 모순

　　　　　나는 당신이 밉다가도 좋아서 당신을 바라볼 때
면 눈을 감곤 했습니다. 손으로 당신을 만져도 그 모습이 선해 굳이
눈을 뜨지 않았습니다. 나는 눈을 감고 당신을 기억하는 법을 배웠던
것인지, 이제는 언제라도 당신이 선합니다. 당신과 떨어진 먼 곳에서
당신을 떠올린다 함은 당신을 미워하는 동시에 사랑하는 일입니다.
아파하며 행복해하는 일입니다. 당신 하나 없을 뿐인데 세상이 모순
으로 가득 들어차 괴로울 뿐입니다.

너 없이 혼자 눈을 맞을 때

오늘 첫눈이 왔대. 태어나서 처음으로 함께 첫눈을 보고 싶다고 생각이 들었던 사람이 떠올랐어. 눈이 뭐 그리 대수라고, 혼자 보면 괜히 외로워지고, 누군가랑 같이 보고 싶어지고 그런 걸까. 그렇게 생각했던 나였는데, 그게 아니라는 걸 알게 해준 사람. 이래서 누군가랑 첫눈을 같이 보고 싶어 하는구나. 그걸 알게 해준 사람. 그러니까, 누군가와 함께 무엇을 하는 것만으로도 가슴이 벅찰 수 있단 걸 알려준 사람.

지금은 떠나고 없어도,
가슴에 눈이 내리게 해주는 그런 사람.

감당

날이 갈수록 무뎌지는 추억이 가장 안쓰럽다.
너를 생각하면 쓰고 싶은 문장들이 잔뜩이었는데.

콩나물국, 미음, 고열

　　　　내가 아프다는 말에 당신이 더 아파하면 사랑에 가깝다고 생각합니다. 그날 당신이 그랬기에. 난 그날의 콩나물국, 미음, 땀에 전 이불, 불처럼 타오르던 이마까지 전부 기억해요. 내가 너무 뜨거워서 나를 안아주지도 못해 발을 동동 구르던 당신. 나는 그래서 나를 안고 싶어 간호해주는 거라고 생각했어요. 열이 좀 내리면 안아주고, 아프지 말라고 토닥여주려고.

　기억 속 콩나물국은 아주 짜요. 그걸 추억하면 난 늘 짠내 가득한 눈물을 짓게 되니까.

거기에   네가   있을까

부끄럽게 살아온 나날들이 있었다. 옳지 않다는 것을 알아도 순간적인 기분이 이끄는 대로 거리낌 없이 저지르며 살았다. 훗날 부끄러움이 몰려와 나 자신이 혐오스럽게 느껴진다고 해도 말이다. 순간의 욕심이, 욕정이, 모자람이 나를 그렇게 만들었다.

시간이 흐르고 혐오는 온전히 나의 몫이었다. 나는 내가 너무 부끄럽고 싫었다. 나는 이런 사람이 되고 싶었던 게 아닌데. 스스로를 혐오하면서도 어느 순간 감정에 휩쓸려 내 몸 하나 건사하지 못하는 나란 놈 따위, 쓸모가 없다고 느껴졌다. 그렇게 부끄러움은 쌓이고 쌓여 혐오가 되고 혐오는 우울이라는 구름이 되어 내 삶의 하늘을 가득 메웠다. 빛이 비치기를 기다리기만 했다. 나는 나아갈 자신이 없었다.

하지만 정작 내가 가장 사랑했던 사람은 내 치부를 전부 들추어내어도 나를 비난하지 않았다. 나에게 나아가야할 길을 알려줬다. 내 치부를 보고 나를 혐오하는 게 아니라, 저곳에 먹구름이 걷혔다고 알려줬다. 저곳으로 걸어가라고 말해줬다. 네가 사랑하는 내 모습이 저기에 있다고 했다. 저곳에서 기다린다고 했다. 넌 그저 지금 조금 망가진 거라고.

너는 바닥까지 망가진 나를 구해주었다.

나는 더 이상 내 부끄러운 과거의 회한에 붙잡히지 않는다. 조금이라도 더 많은 시간을 부끄러움 없이 살아가기 위해 노력하기 바쁘다. 거기에 네가 있을까, 기대하기도 한다. 많이 늦었지만, 영원히 끝난 건 없으니까.

향기는 추억 속에

꽃이 시들어도
한창 그것의 계절일 때
간직한 향기는
기억 속에서
영원하다지.

마치 추억의
그것처럼.

——— 다 끝난 것들

끝난 사랑을 억지로 꺼내어 본다. 그 모습이 너무 아름답다며 지금도 그때처럼 해보자고 억지로 재현해본다. 그때와 는 너무 달라진 우리라는 게 심장에 박힐 만큼 뚜렷해서 아프다.

우린 억지로 웃는다.
억지로 사랑한다.
다 끝난 것들을.
돌아갈 수도 없는 시절을.

잊는 것이 아니라 지우는 것

내가 당신을 잊었다는 사실도 잊어야 한다. 그전까지는 진실로 잊은 게 아니다. 나는 아직 당신을 잊지 못했다. 그래서 이따금씩 우리의 행복했던 시절을 떠올리는 것 말고는 아무것도 하지 못한다.

이별하는 날

       이별하기로 마음먹은 날, 당신을 만났다. 카페에 앉아 있다가 밖으로 나왔는데 조금 전까지는 흩날리기만 하던 싸락눈이 함박눈이 되어 내리고 있었다. 우린 눈 속을 함께 걸었다. 당신은 내일 강아지와의 산책을 걱정하고 있었다. 나는 이미 결심한 우리의 마지막을 걱정하고 있었다. 우리는 그렇게 다른 생각을 하며 소복하게 쌓인 눈 위로 우리의 발자국을 남기며 걸었다. 발자국은 나란했다. 난 그게 슬펐다.

  만약 그때 눈이 많이 내리지 않아 발자국이 남지 않았더라면 덜 슬펐을까. 기억 속에 나란히 남은 발자국 때문에 아파하지 않을 수 있었을까. 마지막인 걸 알면서도 나를 한 번 더 보겠느냐는 이기적인 물음에도 그러겠다고 하던 당신 때문에 눈물을 참기 위해 표정을 구기지 않아도 됐을까.

잊지 못할 아름다운 기억이라 온갖 가정을 상상하며 당신을 부정한다. 당신을 부정하는 순간에도 떠오르는 건 당신이라 괴롭다. 나는 괴로워하면서도 펑펑 울 수가 없어서 차라리 웃는다. 펑펑 내리던 눈을 떠올리며. 앞으로는 함부로 누군가와 눈을 함께 맞지 않겠다고 조용히 다짐하며.

이별에 관하여

1. 언젠가는 반드시 이별의 때가 온다. 그 사실을 잊어서는 안 된다.

2. 한순간에 찾아오는 이별은 없다. 상대방의 변심을 당신이 알아차리지 못했거나, 무관심에 지쳐가는 상대를 안아주지 못했거나.

3. 이별 후의 고통은 당연한 것이다. 그 고통으로부터 벗어나려 부정하면 고통은 더욱 커진다. 내가 상대방을 잊지 못했음을 인정하고 담담하게 추억을 곱씹으며 자연스레 잊히기를 기다려라.

4. 가장 중요한 건 타인의 위로가 아닌 내가 나 자신을 위로해주는 것.

5. 추억은 점점 희미해져도 미련은 희미해서는 안 된다. 단칼에 잘라라. 미련이 남아 다시 돌아가고 싶은 마음은 그저 당신에게 희망고문일 뿐이다. 추억을 긍정하며 천천히 잊되, 다시 시작하고자 하는 욕망은 접어두어라.

6. 진정한 이별이 아닌 희망이 있는 관계라면 망설일 것 없이 돌아 가라. 그것은 애초에 이별이라고 부를 수도 없는 잠시간의 공백 일 뿐이다. 이 글은 철저하게 완전한 이별에 대한 이야기다.

7. 누군가에게 그 사람을 홍보하는 짓은 멈추어라. 사랑할 때 너는 나 같고 나는 너 같았던 그 사람을 욕하는 건 결국 자신의 얼굴에 침을 뱉는 일에 불과하다.

8. 육체의 정도 분명한 정이다. 가장 달콤하고도 위험한 녀석이니 조심해야 한다.

9. 잊지 마라. 어차피 내 의지대로 잊는 건 불가능하다. 잊히기를 기 다려라. 당신에게 필요한 건 그저 조금의 시간과 마음을 다잡는 일이다.

10. 이별한 순간의 고통에 파묻혀 그 사람과 함께했던 모든 것들을

부정하지는 마라. 이별의 순간뿐만 아니라 함께한 그 모든 시간들까지 고통의 기억으로 만들며 당신을 더욱 괴롭히게 된다. 상대방과의 좋은 기억은 좋게 간직하면 된다.

11. 그 사람을 떠올리며 밤새 뒤척이는 건 멍청한 짓이 아니다. 당신은 성장하고 있다.

12. 친구로라도 지내고 싶다는 마음은 접어라. 연인이었던 사이가 다시 친구 사이로 돌아갔다면 애초에 진정 사랑하지 않았다는 증거이다. 진짜 사랑했다면 그 시절 나의 삶을 아름답게 해준 사람으로 남겨둘 것. 진정 사랑했던 사람과는 친구가 될 수 없다.

13. 고통을 덜기 위해 억지로 새로운 사랑을 찾아 나서지 마라. 결국 그러한 사랑은 그 사람을 잊기 위한 도피처에 불과해 나에게도, 새로운 사랑에게도 상처만 될 뿐. 상처가 아물고 새롭게 꽃이 피는 시간은 언젠가 반드시 온다.

14. 실컷 아파하라. 실컷 사랑했다는 증거이니.

15. 아픈 자신을 비하하지 마라. 누군가가 떠난 뒤 이렇게 아파할 수
   있을 만큼 큰 사랑을 건네주었던 당신은 멍청이가 아니라 감정
   에 자신을 맡길 줄 아는 참 멋진 사람이다.

Chapter 3

작고, 사소해서, 사랑했다

선연

할머니가 돌아가신 지 꽤 많은 시간이 지났다. 그런데 아직도 종종 할머니 꿈을 꾼다. 그때마다 솔직히 꿈인지 생시인지 잘 분간이 안 간다. 할머니만 꿈에 나오면 할머니가 돌아가셨다는 사실을 새카맣게 까먹는다. 그래서 생전 할머니를 대할 때랑 똑같이 대하게 된다. 바보같이.

만약 이게 꿈이란 걸 알 수 있다면, 그래서 이미 할머니는 이 세상에 없는 사람이라는 걸 안다면, 잠깐 할머니가 내 꿈에 들렀다는 걸 안다면, 이 꿈이 깨면 또 얼마나 많은 시간이 지나야 할머니를 이렇게라도 한 번 볼 수 있을지 가늠조차 할 수 없다는 사실을 안다면, 그렇게 찰나 같은 꿈속에서의 시간을 미련하게 보내지 않을 텐데.

그런데 나는 또 바보같이 그것도 모르고 그냥 똑같이 할머니를 대한다. 할머니 배고파 밥 줘. 할머니 여섯 시 내 고향 시작한다, 봐. 그러다 눈뜨면 후회한다. 꿈이 꿈인지 몰라서. 사람은 언젠가 반드시 떠난다는 걸 아는데 영원할 것처럼 살아와서. 조금이라도 더 예쁜 손

주이고 싶은데, 꿈인지 몰라 말 한마디 예쁘게 못했는데도 환하게 웃어줬던 할머니만 선연하게 머릿속에 남아서.

꿈이 꿈인지 모르는 나라는 인간의 미욱함을 원망한다. 끝나기 전까지 끝난다는 사실을 예감조차 못하는 우둔함을, 다 잊고 나면 잊고 싶지 않은 기억들이었다는 걸 그제야 깨닫는 어리석음을.

죽음은 영원히 끝나지 않는 꿈을 꾸게 되는 것이다. 그래, 아주 오랜 시간이 지나면 이게 꿈이라는 걸 깨달을 수 있으리라 믿어봐야지. 그럼 그 꿈속에선 사실 나는 이미 모두를 떠났고, 찰나 같은 꿈속에서 잠깐씩 스치는 거니까, 곧 끝날 꿈이니 미소만 환하게 지어주겠노라 다짐한다. 그렇다면 사실 삶도 그러한 것이라 깨어 있지만 모두들 스쳐 지나가는 거라 생각할 수 있을지도 모른다. 조금 더 인연을 소중하게 여길 수 있을지도 모른다. 나는 내가 무언가를 더 선연하게 기억할 수 있는 사람이 되기를 바란다.

오늘도 꼭 할머니 꿈을 꾸었으면 좋겠다.

무한도전

13년. 철없던, 빨간 마스크 괴담을 들은 날이면 혹시나 뒤에서 누군가가 "나 예뻐?"라고 묻고는 내 입을 귀까지 찢을까 두려워 연신 "포마드, 포마드, 포마드."라고 주문을 외우며 집으로 다급히 돌아가던 꼬마가 어엿한 성인이 돼서는 그런 이야기들은 전부 허상에 불과하다며 헛웃음을 지을 수 있게 될 만큼 긴 시간이다. 두려워하던 것을 두려워하지 않게 될 수 있을 만큼 긴 시간. 그 긴 시간 동안 나와 함께해줬던 친구가 있다. '무한도전'.

무한도전은 처음부터 강렬했다. 황소와 줄다리기를 하지 않나, 지하철과 달리기 경주를 하지를 않나. 역경을 극복해야 하기 때문에 도전하는 것이 아니라, 인간이 하기 어렵다고 판단되는 것이 무엇인지 찾은 뒤에 그것을 굳이 극복해보려고 하는, 당시의 표현을 빌리자면 조금 엽기적인 프로그램이었다. 그리고 나는 그게 좋았다.

당시에는 무수히 많은 예능 프로그램들이 생겨나고 사라지기를 반복했다. 장수하는 예능 프로그램이라고는 하나의 프로그램 안에

많은 코너가 있기에 다양한 형태의 유머를 보여줄 수 있던 '개그 콘서트'가 그나마 명맥을 유지하고 있을까. 다들 어느 순간 인기를 끌다가 사라지기 십상이었다.

하지만 무한도전은 그 특성상 장수할 수 있었다. 매번 하나의 도전이 끝나면 또다시 도전할 것을 찾아 헤매기. 불가능할 것 같다고 느꼈던 것을 극복해내면 또 다시 자신들에게 불가능하다고 느껴질 만큼 어려운 역경을 찾아 헤매기. 쉽지 않은, 아니 고통스러운 13년이었을 것이라 생각한다. 그저 한 번의 역경에 부딪히는 것만으로도 인간은 한계에 다다르고는 한다. 13년 내내 한계를 찾아 다녔을 그들은 어떠했을까.

하지만 그렇기에 우리들은 무한도전을 사랑했다. 엽기적이었고, 한계에 다다를 때마다 자신의 한계를 저 아득한 위까지 다시 끌어 올렸으며, 나에게도 늘 가슴에 울리는 무언가를 줬다.

그렇기에 내가 늘 무한도전을 찾았던 것이라고 생각한다. 20대 초반, 타지 생활이 외롭고 힘들 때, 무언가 공허하기만 할 때 나는 꼭 무한도전을 노트북으로 틀어놨다. 지난주 방영분이어도 좋고, 한참 지난 것이라도 좋았다. 그저 틀어놓는 것만으로도 마음이 놓이곤 했다. 아마 아주 어린 시절부터 함께 역경을 견뎌가며 세월을 같이 지나온 무한도전과 나 사이에는 그저 시청자와 프로그램 그 이상의 무언가가 있을 것이라 믿었다. 그러한 믿음이 나만의 일방통행 감정이라 생각하지 않았다. 그들이 나를 알지 못해도 분명 무언가 서로 주고받는 것이 있다고 믿었다.

처음 무한도전의 종방 소식을 접했을 때, "잘 가, 나의 학창 시절…."이라고 읊조렸다. 무한도전은 그저 하나의 예능 프로가 아닌, 내 삶의 한 부분이었다. 같이 자란, 내 한계를 높여준, 외로움을 달래주었던.

공교롭게도 오늘은 만우절이다. 그리고 무한도전은 바로 만우절 전날에 종영했다. 거짓말처럼 유재석, 박명수, 정준하, 하하, 정형돈, 노홍철, 길성준, 이렇게 다 함께 나란히 서서는 인사를 했으면 좋겠다. 만우절 거짓말이었다고. 13년이나 함께했는데 자기들이 어딜 가겠느냐고. 다시 한 번 처음부터 가보자고. 예전에 특별편에서 흰 머리 분장을 해가며 무한도전 1000회를 축하했던 것처럼. 만우절을 틈타 종영한다는 대국민 사기를 무한도전도 한 번 해본 것에 불과하다고.

그럼 나는 역정을 내가며 화를 낼 것이지만, 마음으로는 실컷 반기고 있을 것이다.

잘 가라. 무한도전.
내 가슴 속에도 무한할 그 이름으로.

사람과 사람 사이 인연 때문에 그렇게 괴롭다가,

결국 그 인연 때문에 괜찮아진다는 게 참.

운명보다 우연

　　나는 어쩌다가 여기까지 왔는가. 문득 지나온 시간들을 전부 돌아보면 의아할 정도로 모든 것들이 우연의 연속이었다. 당신의 삶이 어떻게 여기까지 흘러왔느냐고 누군가가 묻는다면 나는 정말로 '어쩌다 보니'라는 말로 대답할 수밖에 없다. 내가 의도한 대로 무언가가 이루어진 적이라고는 손에 꼽을 정도로 몇 번 없었고, 내 삶을 뒤흔든 사건들은 늘 우연하게 일어났다. 직진을 해야 편히 갈 수 있는 길임에도 우회전을 하는 선택지밖에 주어지지 않아 진흙탕을 헤치며 목적지에 가야 했고, 가던 길을 그대로 갔지만 어느 순간 그 길이 사라진 적도 있었다. 때론 예기치 못한 곳에서 더러 황홀한 것들을 마주할 수도 있었고, 크나큰 불행 속에서 일생의 인연을 찾은 적도 있었다. 모든 것들은 운명보단 우연에 가까웠고 나는 늘 어쩌다 보니 그곳에 있었다.

　　운명을 믿어보려고 해본 적도 있지만 결국 집어치우기로 했다. 어쩌다 보니 이루어진 삶을 원망하다가 종내 즐기기로 결심했기 때문에. 내 삶인데, 내가 설명할 수 없다는 사실이 나를 괴롭히던 과거였다. 설명할 수 없는 것들이 나를 지배한다고 생각하면 내 앞날은 막연한 두려움에 가득 차곤 했지만, 누군가에게 내 삶이 어쩌다 보니 이렇게 흘러왔음을 고백한 뒤 더러 마음이 홀가분해지기도 했다.

'그게 뭐야? 네 삶이 그저 어쩌다 보니 이루어진 형태의 것이라니?' 같은 타박도 들어봤지만 설명하기를 그만둔 나에게 그 대답은 그 자체로 설명이었다.

우연의 힘을 믿는다. 운명이나 나의 의지 같은 것들이 강력한 힘으로 삶을 이끌어간다고 생각한 때도 있지만, 이제는 우연은 그보다 더 강력한 힘으로 나를 삶으로 밀어낸다고 믿게 됐다. 정해진 것이 아닌, 그보다 더 나아가 알 수 없는 것들이 나를 주체적으로 만든다고. 분명 사랑에 빠질 거라고 생각했던 사람보다, 사랑할 거라고 예상도 못했는데 사랑하게 됐던 사람이 내 머릿속을 더 활개 쳤던 것처럼. 상상할 수도 없는 역동성으로.

잊고 사는 선물

　　　　　오늘 카페에서 일을 하다가 인상적인 질문을 받았다. 흔하다고 하면 흔한 질문이긴 하지만, 아무리 골머리를 싸매도 대답을 제대로 내릴 수 없을 것 같은 질문. 그것은 "사는 것에 흥미를 못 느끼는데 어떻게 해야 되나요."였다. 그래서 말했다. 흥미를 못 느끼고, 하고 싶지 않다면 그저 그만두면 되는 것 아니겠냐고. 우리는 살 권리도 있지만 엄연히 스스로의 목숨도 끊을 수 있는 권리도 있다고 생각한다고. 그랬더니 대답하길, 죽는 것은 또 더 싫다고 했다. 그래서 말했다. 그럼 죽지 않기 위해 살아가라고.

　사는 게 무의미한데,
　죽는 것은 그보다 더 싫다면
　죽지 않기 위해 살면 된다.

　죽지 않기 위해서 무언가를 좀 먹고, 이왕이면 좀 더 맛있는 것을 먹으며 즐거움을 찾고, 그 맛있는 것을 먹기 위해 돈도 좀 벌고, 근데 이왕이면 내가 즐거울 수 있는 일로 돈을 벌고. 뭐 그렇게 살아가라고 대답했다.

　삶이란 건 인간에게 주어진 진리를 찾아가는 숭고한 의식 같은 게
아니다. 물론 그런 숙명을 타고나는 누군가도 있을 수도 있겠지만,
그냥 어쩌다 주어진 선물 같은 거다. 길을 걷다가 우연히 만 원을 주
웠는데, 그 만 원이 어떤 이유로 나에게 왔을지를 고민하지는 않지
않는가. 얼떨결에 주어진 여윳돈으로 무엇을 할지 설레곤 하지.

　우리는 아주 무한한 확률 중 운 좋게 '의식'이라는 걸 가지고 살아
갈 수 있도록 허락받은 자들이다. 복잡한 것도, 진리를 찾는 것도 좋
겠지만 우선은 좀 더 단순하게 어떻게 이것을 즐길지 먼저 생각하자.
복잡한 건 좀 미뤄놓고, 어떻게 행복할지 그것 먼저 고민하자. 우선
즐기고, 이 삶을 조금 더 진중한 자세로 대해도 괜찮을 것이다.

사소하지 않아

하루를 마무리 하는 시간. 일과를 매조지 지어서 뿌듯해하거나 곧 나를 기다리고 있을 휴식에 설레야 하는데 그보단 고단함이 몸을 휘감는다. 탄식하듯 힘들다는 말만 내뱉게 된다. 누가 말해줬으면 좋겠다. 수고했다고. 내 고단함들이 무의미하지 않다고. 오늘도 힘껏 잘 살아갔다고. 고작 하루하루라고 하지만, 너의 그 작은 하루하루 모든 나날들이 의미 있다고. 오늘 역시 고생 많았다고.

아주 작은 이야기부터 아주 긴 이야기까지 전부 떠들 수 있다면 좋겠다. 나의 사소한 것들도 누군가에게는 사소하지 않았으면 좋겠다. 미운 생각일지 몰라도, 누군가에게 충분히 사랑받음으로써 나도 나 자신을 사랑할 수 있기를 바라본다. 하루의 끝에는 이것저것 더욱 욕심을 내도 괜찮을 거라고 믿으며.

무너진 모래성

내가 아는 그 사람은, 사실 내가 아는 그 사람이 아닌 경우가 많다. 나를 사랑해줄 거라고 믿었던 사람이 나를 전혀 사랑하지 않을 때도 있었고, 정에 약할 거라고 믿었던 사람이 매정하게 나를 떠난 적도 있었다.

내가 그를 '어떠한 사람이다.'라고 아는 것은 사실 대부분 내가 그렇게 믿고 싶은 것에서 기인하는 경우가 더 많다. 이 사람이 나에게 그런 사람이기를 내가 바라는 거다.

아무리 내가 머릿속으로 그리는 그 사람의 모습과 실제가 달라도 나 스스로를 속여가며 그는 분명 내가 바라는 그런 사람일 거야, 라고 믿으며. 사실 마음속 깊은 곳에선 조금씩 그런 사람이 아닐 거라는 걸 납득해가게 돼도 그것을 부정해가며.

나는 그것을 바로 '기대'라고 부르겠다.

그리고 대부분의 기대는 늘 그렇듯 쉽게 무너진다. 우리는 곧 쓰러질 모래성 위에 관계를 쌓으며 살아가는 걸지도 모른다.

기대하지 말자. 무너진 모래성은 다시 쌓아도 분명 무너질 테니까.

거리

　　감정의 거리가 가까운 사이일수록 좋은 것이 잘 보인다. 그래서 우리는 더욱 함께 미소 지을 수 있다. 허나 그것이 의미하는 바는, 감정의 사이가 가까울수록 서로의 나쁜 점도 잘 보인다는 거다. 우적우적 음식 씹는 소리, 까르르 귀청을 찌르는 웃음소리, 따박따박 잰걸음으로 걷는 걸음걸이까지. 가까이에서 보기 전엔 절대 알 수 없는 그런 것들마저도 '좋거나 싫거나'한 대상이 된다. 너무 가까우면 너무 많이 판단하게 된다.

　　그 사람에 대해서 너무 많이 알고, 너무 많이 판단하고, 너무 많이 미워하거나 너무 많이 좋아하게 되면 감정이 흐려진다. 판단이 앞선다. 조금은 실수를 할지도 모른다.

　　한번씩 거리를 두자. 판단하기보다 내가 이 사람에게 느끼는 그 감정을 그 자체로 느껴보자. 나는 이 사람을 판단하기보다 느껴왔다는 것을 떠올려보자.

나를 한 번 실망시켰던 사람이,
다시는 실망시키지 않을 거라는 믿음만큼
가슴 아픈 것도 없다.

그 믿음이 무너져 내릴 때
상처는 몇 배가 되니까.

버림받기 전에

       너무 잔인하게 나를 떠나버리는 사람들. 그 틈바구니 속에서 다치지 않으려면 나 또한 누군가를 매몰차게 떠나는 법을 배울 수밖에 없었다. 똑같이 매몰차게 떠나기 위함이 아니라, 버림받기 전에 내가 먼저 떠날 수 있도록. 나는 먼저 사람 버리는 짓은 죽어도 못 한다.

바쁘게 죽거나 바쁘게 살거나

한때는 한가한 게 좋다고 생각했다. 나만의 시간을 여유롭게 즐기다, 하고 싶은 것을 하고, 만나고 싶은 사람들을 만나는 그런 삶.

부쩍 바쁘게 지내는 요즘. 고된 하루를 마치고 생각한다. 차라리 바쁘게 지내자고. 내 삶의 빈틈에 아무것도 들어오지 못하게. 외로움도, 걱정도, 사랑도, 미련도, 추억도.

여유가 넘칠 때엔 오히려 더 괴로웠다. 바빠서 차라리 떠올리지 않으며 지낸다. 외로움에 바빴던 때보다 지금이 낫다며 스스로를 위안한다.

같이 웃기 위해서

내 주변 사람들이 힘이 들 때 가장 먼저 찾는 사람이 나였으면 하고 생각한다. 나는 늘 그래왔다. 기쁘거나 행복할 때보다, 초라해질 때, 슬플 때, 힘들 때 찾아지는 사람이기를 바랐다.

왜냐하면 기쁨을 함께하는 건 누구나 해줄 수 있는 일이기 때문이었다. 기쁨을 함께하는 순간에 어느 자격이나 믿음 같은 게 필요하던가. 그저 함께한다는 것. 그것이 자체로 의미를 지닐 뿐이지. 하지만 슬픔은 전혀 다르다.

슬픔을 보여줄 수 있어야 하고, 슬픔을 나눠도 괜찮겠다 싶을 만큼 넓은 등을 가지고 있어야 하고, 초라한 순간 그저 함께하는 것만으로 천군만마 같은 사람이어야 한다. 즉 나는 누군가에게 천군만마가 되고 싶었고, 듬직한 누군가이고 싶었고, 자신의 슬픔을 밝힐 수 있는 사람이길 바랐다. 내가 바란 건 그저 상대의 기쁜 순간을 훔쳐 먹듯 함께하는 게 아니라, 온갖 괴로움도 같이해줄 수 있는 나이기에 그 사람의 기쁜 순간까지 같이 동행할 수 있는 것. 그것이었다.

그저 합석하듯 올라타 나누는 기쁨은 내가 가로채가는 것이라고 느껴졌다. 내가 누군가의 동행자가 돼서 함께하는 기쁨이야말로 진정 나눔으로써 두 배가 되었다.

내가 사랑하는 사람들은 잘 모른다. 내가 그들과 같이 아파하는 이유는, 그 끝에 사실 같이 기쁘기 위함이라는 걸.

난 여기에 있다

세월이 흐를수록 늘어나는 건 보고 싶은 사람들이다. 보고 싶은 사람이 늘어난다는 건 슬픈 일이다. 그만큼 사랑하는 사람들을 보지 못하며 살고 있다는 거니까.

어릴 적 명절의 풍경을 기억한다. 사랑하는 이모들과 이모부, 할머니와 할아버지, 어머니와 아버지가 다 같이 둘러앉아 안주를 집어먹으며 술로 목을 축이고 화투판이 벌어졌던 풍경. 주위를 기웃거리며 어른들의 대화에 끼고 싶어 안달이 나 있던 나.

그땐 언제까지라도 그들과 얼굴을 마주하며 살아갈 수 있을 거라고 생각했다. 보고 싶은 이들을 얼마든지 볼 수 있다고 믿었다. 보고 싶다는 감정은 해소할 수 있는 감정이지, 가슴속에 묵혀놓아야 하는 감정이 아니었다.

세월은 너무 빠르다. 나는 하루라는 시간 동안 나에게 주어진 일의 분량에도 허덕인다. 보고 싶음은 늘 뒤처지기 바쁘다. 가슴 안에 차곡차곡 쌓아놓게 된다.

오랜만에 만난 가족들은 여전하다. 변한 건 나다. 보고 싶으면 달려가던 나는 어디 갔을까. 나의 하루는 무엇 때문에 이리도 초조할까.

보고 싶은 것들을 보며 살아가기로 마음먹는다. 주어진 삶의 숙제보다 더 중요한 무언가가 있을 거라고 믿는다. 살아가며 만나는 수많은 사람들 중 누군가를 보고 싶어 할 수 있다는 건 축복이다. 하지만 그 감정을 그저 가슴 안에만 쌓아놓기만 하면 외로움만 풍기는 독이 된다.

어릴 적 방학만 되면 내려가서 한 달이고 두 달이고 머물렀던 전주의 큰이모는 가끔 그 시절을 떠올린다고 한다. 당시는 방학 시기만 되면 이제 내가 전주에 오려나 생각했는데 이젠 그럴 일이 없다는 게 좀 서글프단다. 해찬이가 곧 전주에 오겠지, 라고 생각했던 그 마음 자체가 그립단다.

전주에 가자. 세월이 흐른 것뿐이지 시절은 흐르지 않았다. 난 여기에 있다. 보고 싶다. 보고 싶어서 본다. 우리는 가끔 삶의 가장 단순한 원리를 잊고 산다.

상처는 피를 흘린다

　　　　　　카페에서 일하는 중 바나나를 썰다가 손가락이
베였다. 다친 내 손보다 혹시나 바나나에 피가 묻었을까 걱정했다.
아카시아 테이블을 닦다가 파여 있는 홈에 손가락이 순간 빠져 쓸리
며 엄지의 관절 부분이 파였다. 손에 나는 피보다 혹시 원목 테이블
에 핏물이 들었을까 걱정했다. 베인 손가락도, 파인 엄지의 관절도
그렇게 아프지 않다고 생각했다. 대수롭지 않게 여겼다.

　베인 손가락은 설거지를 할 때마다 욱신거리고, 사소하게 무언가
를 집을 때마다 저렸다. 파인 엄지의 관절은 엄지를 굽힐 때마다 따
끔거려 신경을 쓰지 않을래야 안 쓸 수가 없었다.

　우리는 자신이 받은 상처보다,
　자신의 상처에서 나는 피 때문에
　무언가가 더러워질까 더 걱정한다.
　자신의 고통은 뒷전이다.

그리고 나중에야 차츰 느껴지는 고통에 그것을 실감한다. 스스로가 얼마나 뒷전이었는지.

바나나에 피는 전혀 묻지 않았으며, 아카시아 테이블에도 핏물은 들지 않았다. 피는 베인 순간, 파인 순간 바로 나지 않는다. 약간의 시간이 지난 뒤에 나오기 시작하기에. 당장 보이지 않을 뿐이지 우리들의 상처는 피를 흘린다. 나는 다른 것보다 내 상처에서 흐르는 피를 먼저 걱정했어야 했다.

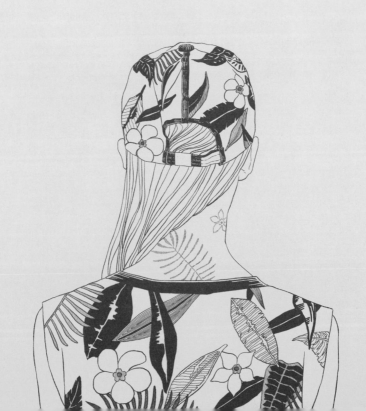

남들의 시선보다,
남들에게 잘 보이려 애쓰는 스스로가 나를 더
옭아맨다는 것을 이제야 알았다.

어제의 나와 오늘의 나

　　　　　　　난 쓸모를 다한 것들을 쉽사리 버리지 못한다. 나와 같은 처지 같아서. 무언가의 쓸모는 그것이 존재 의의를 확립받은 순간부터 이미 한계치가 정해져 있는 걸까. 세상 모든 것들은 그것이 쓸모를 다하기 전까지 그저 그 쓸모가 소비되기 위해 존재하는가. 그리고 쓸모가 없어지면 버려질 운명만 기다리는 것인가.

　　심지가 다 타버린 캔들, 유행이 지나간 재킷, 시들어버린 화분, 늙은 개, 감정을 잃은 사랑. 난 그런 것들을 버리지 못한다. 캔들에는 여전히 초가 남아 있고, 재킷은 언젠가 다시 유행이 돌아 세련됨을 뽐낼 것이며, 시들어버린 화분은 말라버린 자체로도 아름답고, 감정을 잃은 사랑도 추억이라는 이름으로 그 속에서는 여전히 건재하다. 그리고 늙은 개는 여전히 나의 손길을 필요로 하고.

　　미련하게 보일지 몰라도, 쓸모가 다한 것들을 버리지 말자. 괜스레 추억 저편에 있는 것들을 잡아보자. 캔들이 강하게 뿜었던 향을, 재킷을 매일같이 즐겨 입었을 때를, 화분이 싱싱했을 때를, 진정 사랑을 했을 때를. 자그마한 개가 나의 보호 아래에 성장해갈 때의 어여쁜 모습을. 그렇다면 쓸모가 다한 것들의 모습이, 쓸모가 있을 때의 모습으로 사랑할 수 있을지도 모른다.

시간은 너무 빠르게 지나가고 우리는 너무 빨리 변한다. 내가 과거를 붙잡지 않으면 어제의 나와 오늘의 내가 너무 달라질지도 모른다. 나는 오늘이지만, 아직은 조금 더 어제에 머무르고 싶다. 그게 조금 더 오늘을 사는 것 같아서. 우리는 너무 저 멀리에서 다가오는 것들만 보는 것 같아서.

12월 31일

　　특정한 어느 때가 나를 더 불행하게 하거나, 더 행복하게 할 일은 없을 것이다. 연도라는 건 그저 지구가 태양의 주변을 도는 일을 인간이 어느 주기에 맞춰 임의로 정해놓은 것이며, 그저 지구가 같은 곳으로 돌아왔음을 의미한다. 지금이 언제인지가 내 인생에 미치는 영향은 전혀 없다. 삶은 그저 그렇게 흘러가는 거다.

　　그럼에도 불구하고 올 한 해는 유독 힘들었다. 지구가 태양을 한 바퀴 도는 것도 이렇게 힘이 들 수 있다는 걸까. 나 자신을 죽도록 혐오했고, 여름은 구역질이 나올 만큼 더웠으며 가을은 너무 짧았다. 겨울은 충분히 춥지 못했고 나는 나를 미워했다. 후회로 가득 채우며 한 해를 흘려보냈다.

　　물론 그것만이 삶의 전부는 아니었다. 살아보겠다고 발버둥을 쳤다. 먹고 마시고 놀고 일했다. 왜 그렇게 해야 하는지는 몰라도 그렇게 했다. 그래야 살 것 같아서.

　　지구는 다시 제자리로 돌아왔고, 바로 다시 공전을 시작할 거다.

제자리로 돌아오자마자 다시 그 자리로 돌아가기 위해 움직일 것이다. 이유는 없을 것이다. 그저 자연이 정해놓은 순리에 의해서 그런 거겠지.

나도 새롭게 시작한다고 마음먹을 새도 없이, 새해를 맞이하자마자 그저 똑같이 살아갈 것이다. 태양이 한 바퀴를 돌면서 또 다시 힘겨운 여름이 올 것이고, 봄은 벚꽃이 떨어지는 슬픔을 보여줄 것이고, 가을은 더 짧아질 것이다. 나는 나를 더 미워할지도 모른다.

그래도 살자. 살아가자. 어떻게 견디나 했는데 이렇게 한 바퀴 돌아 제자리로 왔다. 쉴 틈도 없이 바로 또 돌기 시작하겠지만 어디 시간이 멈춰주던가. 같이 가자. 조금만 더 웃으면서.

──── 사소한

그릇은 무언가를 담기 위해 만들어진다고 하지. 그래서 사람을 간혹 그릇에 비유하곤 하잖아. 많은 걸 담을 수 있을 것처럼 보이는 사람은 '그릇이 크다.'라고 표현하기도 하고, 속이 좁아 보이는 사람은 '그릇이 작다.'라고 표현하기도 하고.

하지만 우리네 삶에 그릇이라는 게 크기로만 가치가 정해지던가. 아주 작아도, 우리 삶을 촉촉이 적셔주는 술 한 잔 담아주는 작은 그릇은 그대로 의미가 있고, 큰 것만이 좋은 것은 아닐 때도 있잖아.

그런 거야. 삶이란 크기가 아니라, 무엇을 하느냐에 의미가 정해진다는 것. 얼마나 담는가보다 무엇을 담느냐, 그것이 세상에 어떤 영향을 미칠 수 있느냐.

나는 그러기에 굳이 세간의 기준에 맞추어 그릇이 크다고 해본 적 없어. 난 작은 그릇에 내가 사랑하는 것들만 담겠어. 그것이 혹여 너무 작고 사소하다면, 난 말하겠어.

작고, 사소해서, 사랑했다고.

너만큼 아파보는 것

한번씩 자신의 마음이 힘들 때마다 연락하는 사람이 있다. 고민이 있다며, 자신은 어떻게 해야 하느냐 묻는다. 그럼 나는 최선을 다해서 대답해준다. 근데 조금 시간이 지나고 자신 나름의 해답을 얻었다 싶으면 대화의 제대로 된 맺음도 없이 사라진다. 무례하다.

누군가의 고민에 대하여 해답을 주려고 한다는 건, 사실 그 순간만큼은 그 사람이 돼서 같은 고통을 느껴보려 애쓰는 일이다. 남의 일이지만 그 일을 해결해주기 위해서 같은 고통을 느껴보려는 노력이 수반되는 일이라는 거다. 군이 느끼지 않아도 될 고통을 상대방을 위해서 기꺼이 감수하는 일이다.

그러한 모습에 감사조차 느낄 줄 모르는 이에게는 조금도 마음을 써주지 않기로 마음먹었다. 순간이라도 자신만큼 아파보려 노력한 사람에게 고마움도 느낄 줄 모르는 사람과 인연을 이어가는 건 멍청한 짓일 테니까.

불가능이 가능이 되는 순간

우리는 간혹 불가능한 것에 매혹된다.
이루어질 수 없는 사랑이라든가,
성취할 수 없는 꿈이라든가 하는 그런 것들.

다다르기에 불가능하다고 생각되는 것들. 불가능한 사랑이 이루어지면, 그것을 '세기의 로맨스'라고 이름 붙이며 경외하기도 하고, 불가능한 꿈을 성취한 누군가를 위대한 사람으로 치켜세우기도 한다. 결국 불가능하단 것은 사실 '절대 이룰 수 없음'을 의미하는 형용사가 아닐 수도 있다는 것이다.

불가능함이 의미하는 건, 우리들이 그것을 이루어냈을 때 삶의 어느 경지에 도달했다는 걸 의미할지도 모른다. 불가능한 사랑, 불가능한 꿈. 불가능한 목적지, 불가능한 삶. 그럼에도 불구하고 그것을 해내는 것이 바로 우리다. 사실 정말 세상에 '불가능한 것'은 없을지도 모른다. 불가능하다는 생각만이 있을 뿐이지.

지금 휴식할 것

하루의 끝에 돌아보지 마세요. 고된 오늘을 마친 뒤 지친 몸을 이끌고 오늘 하루를 마무리할 때, 막상 돌아보면 늘 아쉬움만 가득하죠. 원래 지쳐 있을 때엔 마음도 생각도 지치기 때문에 제대로 된 사고를 할 수가 없어요.

새벽 시간을 힘들어하는 분들의 특징이 하루의 끝에서 후회만을 반복한다는 것이에요.

그 시간에는 마음도 머리도 생각도 비우세요. 혼자만의 시간을 즐기시고 온종일 서 있느라 고생한 다리는 쉬게 해줘요. 피곤을 풀며 그저 할 일 없이 쉬고 있음 그 자체를 즐겨보세요.

하루 끝의 반성은 간혹 기분 좋은 휴식을 망친답니다.
쉴 때엔 쉬는 것에만 집중하시기를,
활력으로 가득 찬 내일을 위해.

매일 누군가를 그리며

건강은 습관이다.
아픈 게 습관이 된 사람들은
자기가 아파도 아픈 줄 모른다.

연신 기침을 달고 살면서도 언제부턴가 당연한 거라고 생각하곤 넘어간다. 외로움을 달고 살아도 괜찮다고 생각하는 것처럼. 늘 누군가를 그리워하는 건 당연한 거라고 생각하는 것처럼.

마음의 힘

해야 할 일들은 산더미처럼 쌓여 있는데, 마음이 무거워 도무지 손에 안 잡힐 때가 있다. 일은 일이고 마음은 마음이니, 마음을 다잡고 제대로 해보자고 마음먹어도 무기력이 스스로를 끝도 없이 지배하는 그런 순간들.

요 며칠 새에 소중하게 여겼던 누군가와 멀어지고, 오해로 인해 원하지 않는 미움을 받아 예기치 못한 언쟁도 벌였다. 여러모로 마음이 지칠 대로 지쳤다.

우리들은 마음을 눈으로 보거나, 육체처럼 물리적으로 느낄 수 없다. 그래서 마음이 지쳐가는 것을 알아차리기란 참 힘들다. 이런저런 일들로 소모된 감정으로 인해, 내 마음이 휴식이 필요하다는 것을 잘 알아차리지 못한다. 그러니 늘 스스로의 마음에 채찍질만 하게 된다.

산더미처럼 쌓인 일을 물론 해야 하지만, 적어도 마음이 무거울 때엔 육체처럼 마음 또한 힘이 부쳐 지쳐 있으리라는 걸 깨닫자. 그러지 않으면 지친 자신을 스스로가 나무라는 몹쓸 짓을 저지를 지도 모른다. 눈에 보이지 않는다고 해서 지치지 않은 것이 아니다.

시간이 흐르면 좋은 것들만 남더라

요즘 어떻게 지내느냐는 말을 들었을 때 그 요즘이 언제까지인지를 생각해봤다. 그 요즘에 나는 어떻게 지내는지 대답하기 위해서. 요즘을 하루나 이틀로 보자면 가을비가 내리는 통에 감정이 요동쳐 썩 우울했으며, 일주일로 보자면 내 의도와 상관없이 벌어진 여러 일들로 많이 힘들었다. 한 달로 보니 그럭저럭 좋은 일과 나쁜 일들이 뒤엉켜 있어 나쁘지 않았고, 올 한 해로 보자니 지나간 순간들의 추억이 떠올라 미소를 지었다.

언제까지가 요즘일지 고민해봤다. 그리고 잘 지낸다고 대답하기로 했다. 나쁜 기억들은 멀어지고 퇴색돼, 좋은 것들만 남은 요즘이라고 대답했다. 가을비가 내린다. 이제 많이 추워지겠지. 비 내리는 소리를 듣는 날이 적어지겠지. 대신 눈이 소리 없이 내리겠지. 요즘 난 눈을 기다리며 산다. 그럼 다시 새롭게 시작할 수 있을 것 같아서. 눈을 보던 작년 이맘때 즈음을 떠올리며.

봄이 영원하길 바라

좋아하는 뉴에이지 음악 중에 Witness의 'Hope Springs Eternal'이라는 음악이 있다. 우연히 카페에서 흘러나오는 것을 들은 뒤 즐겨 듣게 된 음악이다. 좀 음울한 느낌의 뉴에이지 음악인데, 그 분위기와 봄이 영원하기를 바란다는 제목이 너무 잘 어울려 좋아하는 음악이다. 그런데 알고 보니 이 음악은 추모곡이었다. 'Arurian Dance'라는 곡으로 유명한 Nujabes를 추모하기 위해 만들어진 곡이라는 것이다. 그 사실을 알고 나니 사뭇 음악이 다르게 들리기 시작했다. 나 또한 그의 음악을 즐겨 들었기에.

그리고 생각했다. 누군가를 추모하기 위해 만든 곡의 제목이 '봄이 영원하길 바란다.'라니. 그렇게 아름다운 제목에 슬픈 선율이라니.

나의 죽음도 누군가에게 영원히 봄이 지속되길 바라는 소망이 되고 싶다고. 겨울이 다가오는 지금, 문득 강 언저리를 뛰다가 이어폰으로 흘러나오는 이 음악. 겨울도 오지 않았는데 봄이 그리워진다.

그래도 살자. 살아가자.
어떻게 견디나 했는데
이렇게 한 바퀴 돌아 제자리로 왔다.
같이 가자. 조금만 더 웃으면서.

——— 사람을 살리고 죽이는 건

말 한마디로 사람 마음을 죽이는 일은 어렵지 않다. 인정받고 싶어 발악하는 이는 철저히 무시하며 밟아주는 말 한마디면 되고, 상처받은 이에게는 그깟 상처 뭐가 대수냐고 하며 아파하는 그를 힘껏 비아냥거려주면 된다. 자존감이 낮은 이에게는 그 낮은 자존감으로 인해 움츠러든 모습들을 지적하며 그러니 네 인생이 그 모양이다, 라는 조소 섞인 말을 던지면 되고, 죽고 싶어 하는 이에게는 나약함을 지적하며 넌 죽을 수 없을 것이라는 말로 마음을 망치면 된다.

세 치 혀로 사람의 마음을 죽이는 것은 어렵지 않은 일이며, 더 나아가 그 사람을 죽이는 것 또한 가능하다. 입은 인류가 지닌 최고의 살상무기이다. 지금껏 얼마나 많은 마음들이 무너지고 부서졌을지 가늠할 수 없을 것이다. 난 지금껏 이보다 날카로운 흉기를 본 적이 없다.

바꿔 말하자면 세 치 혀로 사람을 살리는 것 또한
그렇게 어려운 일이 아니다.

인정받고 싶어 안달이 난 이에게는 앞으로 성장할 수 있을 것이라는 위로를 주고, 상처받은 이에게는 상처를 공감하고 그것이 충분히 아플 것이라는 걸 인정해주는 것만으로 고통이 무뎌질 수 있다. 자존감이 낮은 이에게는 스스로를 사랑한다는 것이 삶을 지탱하는 데 얼마나 중요한지를 설명하며 스스로를 사랑할 이유를 찾게 도와줄 수 있고, 삶의 의미를 찾지 못하는 이에게는 당신이라는 존재 자체가 나의 삶에 의미로 다가온다는 말로 삶의 의미를 부여해줄 수 있다.

당신은 어떠한가. 세 치 혀로 사람을 죽이고 있는가, 살리고 있는가. 어떠한 모습으로 살아가겠는가.

인류의 희망이 되길 원했던 자신의 발명품이 살상무기가 되어 커다란 절망을 느낀 과학자가 있다. 당신의 말 한마디가 누군가의 희망이 될지, 사람을 죽이는 비수가 될지는 당신의 선택일 것이다.

믿음에서 오는 힘은 상상을 초월한다.
그러니 불행이 아닌, 행복을 믿자. 모두 다 잘될 거다.
좋은 일이 곧 생길 것이다. 그렇게 믿자.
바로 그 믿음으로부터 좋은 일이 시작될 것이니까.

———— 어느 오후

어느 날의 오후, 햇살이 참 좋다. 어제 그렇게 추웠던 게 거짓말처럼 느껴진다. 물론 이 잠깐의 따스함은 언제 그랬냐는 듯 밤의 추위에 밀리겠지만, 적어도 지금은 그렇다.

날이 좋은 오후엔 괜히 더 울적할 때가 있다. 해가 떠 있는 시간에 바삐 시간을 보내는 사람들을 보며, 모두가 바쁘게 흘러가는데 나는 좋은 햇살을 벗 삼아 그저 걷는구나, 정처없이, 하고 생각한다. 그러다 보면 문득 외롭다는 생각이 든다.

목적지 없는 산책. 좋은 햇살. 바쁘게 흘러가는 사람들.

'어디로 가야 할까.'

갈 곳이 명확하지 않다는 건 슬픈 일이다. 다음 발걸음을 어느 쪽으로 향해야 할지 늘 고민해야 하니까. 날이 이렇게 좋다면 더 슬프다. '날이 이렇게 좋은데 갈 곳 하나 없는 처지라니.' 가끔 좋은 것들은 날 더 슬프게 만들기도 한다.

 꼭 좋은 게 좋은 것은 아닌 것 같다. 날이 좋아서 외로울 수도 있는
것처럼.

외로움마저 감싸줄 따스함

외롭다는 건 사실, 그저 누군가와 연애를 하고 있지 않다는 상태를 의미하는 것이 아니다.

어느 날 문득 차가워져가는 공기에 가슴 한구석이 시린 것. 괜시리 끝나가는 한 해를 실감하자면 많은 것들이 아쉽고, 후회스럽고, 그립다. 외로움은 그렇게 노크 없이 날 찾아온다.

늘어지게 늦잠을 잔 어느 날, 해는 뉘엿뉘엿 저물어 가는데 난 그저 홀로 이불 속에서 잠에서 깨면 끝도 없이 외롭곤 하다. 아니라는 걸 뻔히 알면서도 세상에 홀로 남은 것 같은 기분. 그 초라함. 그런 것들이 날 무겁게 짓누르는 날들이 있다.

그럴 때엔 어찌할 바를 모르겠다. 외로움이 휘몰아칠 때엔 그저 무기력하게 쓰러질 뿐이다. 내 홀몸으로는 너무 모자라 날 데워줄 누군가가 그립다.

따듯한 말들이 그리운 요즘이다.

늘 이별하며 사는 삶

　　　　　어느 날, 꿈을 꿨다. 나는 버스 창가에 기대 한껏
우울했나. 내릴 역이지만 내리지 않았다. 오늘은 조금 낯선 곳에서
내려볼까 생각했다. 기분 전환 겸.

　몇 정거장 지나고 내린 곳. 생전 처음 보는 곳이었다. 높은 언덕을
끼고 백사장이 드넓게 펼쳐져 있었다. 정말 꿈에서나 볼 법한 곳. 감
탄이 절로 나왔다. 우울도 잊게 해줄 만큼의 감격에 백사장을 향해
다가가고 있는데, 꿈속 효과음에 어울릴 법한 주변의 웅성거림과 함
께 누군가가 앞에 걷고 있었다. 자세히 보니 고등학생 시절의 담임선
생님이었다. 울컥하는 마음에 선생님에게 달려갔다.

　선생님이 나에게 해주셨던 말들이 내 인생에 어떻게 영향을 미쳤
는지 주저리주저리 늘어놓았다. 기뻐하시는 모습에 내가 더 기뻤다.
바라보고 있는 것만으로 그 시절로 돌아간 기분이었다.

　"나는 선생님이란 직업이 대단하다고 생각해요. 저는 고작 한 번

의 졸업만으로 너무 가슴이 아팠고 그 학창 시절이 그립고 선생님들을 보는 것만으로 눈물이 날 것 같아요. 근데 선생님들은 매년 누군가와 이별하며 살잖아요. 매년 정든 학생들을 보내고 새로운 누군가를 맞이하고. 나는 이별이 두려운 사람이라 그렇게 살 수 없을 것 같아요. 늘 이별하며 사는 삶이 참 가슴이 아릴 것 같아요."

꿈속에서 저 말을 하며 좀 울었던 걸로 기억한다. 나도 선생님도. 지금 막 꿈에서 깬 참이다. 잠깐 그 시절에 다녀와서 가슴에 그리움이 남아 있다. 이별하면 다녀올 세월이 생기는 거라고 생각하기로 한다.

외로움과 자아

외로움이 짙은 날에는 괜히 주변을 뒤적거린다. 평소에는 아무렇지도 않던 것들도 날 외롭게 만든다. 날 찾는 이의 빈도는 평소와 같지만, 유난히 아무도 나를 찾지 않는 것 같다고 느낀다. 막연한 무언가가 나의 외로움을 희석시켜주기를 바란다. 난 그게 싫다. 외로움은 나를 온전한 나이지 못하게 한다. 온전한 나인 채로 외로울 수는 없는 걸까. 외로운 나는 왜 내가 아닌 걸까.

예민한 게 아니라 정말 아픈 거예요

상대방이 당신의 말에 유독 예민하거나 상처받는 다면 당신이 그간 상처를 많이 줬다는 뜻일 수도 있어요. 그래서 모든 말들이 상처처럼 받아들여질 수도 있어요. 자주 아파하는 사람에겐 왜 그리 자주 아파하느냐 윽박지를 게 아니라, 다독여줘야 합니다.

아픈 거라구요.
아프고 싶은 게 아니라
그 모든 것들이 아픈 거라구요.

함께할 때 자존감이 높아지는 사람과 만나세요.

예쁘다, 잘하고 있다,

이런 말만 해주는 사람을 만나요.

스스로가 얼마나 가치 있는 사람인지 알 수 있게 되거든요.

매 순간 죽지만 다시 태어난다

　　　　방에서 키우던 식물이 하나 있다. 이름은 이레카 야자. 방을 꾸미기 위한 목적도 있고, 공기 정화에 좋다는 이야기를 듣고 구입했다. 반지하로 이사온 지 얼마 되지 않았을 때라 공기 정화 식물 정도는 필요하다고 생각했기 때문이었다. 집 근처 시장에서 크고 울창한 야자를 골라왔다. 방 한구석에 놓인 야자는 더러 예뻐 보이기도 했다. 나는 금방 이 식물을 좋아하게 됐다. 이름도 붙여줬다. 길쭉이라고.

　　물도 제때에 맞춰 주고, 다이소에서 구입한 식물 영양제도 줬다. 더 울창해지고, 더 오래 내 방에서 자리잡아줬으면 하는 마음에. 하지만 반지하라 볕이 잘 들지 않아서인지 야자는 시간이 지날수록 시들어갔다. 조금 속상했다. 그래서 결단을 내리기로 했다. 창밖에 내놓기로 한 것이다. 반지하인 덕에 창밖에 놓으면 언제든 손이 닿을 수 있었기에. 그곳에서 해도 보고 바람도 쐬고, 다시 살아나기를 바랐다. 하지만 이미 죽어가는 야자가 다시 살아나는 건 그렇게 쉬운 일이 아니었다. 그렇게 내 반지하 창문 너머에는 다 시든 이레카 야자가 있게 됐다.

시든 꽃도 꽃이라고, 시든 식물도 썩 좋아하는 나이기에 그것을 치우지 않았다. 나름 운치 있다고 생각했기 때문이다. 그렇게 기억하는 듯, 기억하지 않는 듯 창밖 야자에 무심한 많은 날들이 지났다. 그러던 어느 날 나는 내 눈을 의심했다. 바로 그 화분에서 새로운 꽃이 피었기에. 아주 푸른빛으로 활짝.

매 순간 우리 몸 속에선
세포가 죽는 동시에 살아난다고 한다.
그러기에 살아갈 수 있단다.
하나가 죽고 하나가 피어났다.

나는 정확히 무어라 설명할 수는 없지만 가슴속에서 이상한 열망 같은 걸 느꼈다. 저 꽃은 분명 그저 허공을 헤매다 다 죽은 야자가 있는 화분 위에 앉은, 나같이 식물을 잘 알지도 못하는 사람에겐 그저 잡초라고 불릴 꽃이다. 하지만 죽은 것 위에 새 생명이 살아났다. 끝나는 건 아무것도 없다. 하나가 끝나면 다시 새로운 가능성이 태어난다. 그 깨달음에서 무언가 새로 시작되는 것일 테다.

조금씩이라도

매일이 괜찮은 척하는 날들의 연속.

그 척이 쌓여서 정말 괜찮은 날이 되기를 바라는 작은 바람.

오늘 하루 조금 더 평온하기를.

적어도 조금씩 나아지는 날들이기를.

삶을 빛나게 해주는 건

　　　　　완기라는 친구가 있다. 중학교 시절엔 친하게 지
냈지만 고등학교로 진학하며 학교가 달라져 꽤나 멀어졌던 친구다.
멀어졌다고는 하지만 관계 자체가 멀어진 것이 아니라, 그저 학교가
달라지면서 예전만큼 많이 만나지는 못하게 되었다는 것이다. 완기
는 여전히 내가 아끼는 친구였다.

　특성화 고등학교에서 조경을 배운 완기는 대학교도 그와 관련된
전공으로 진학했다. 그 분야에 진정으로 관심이 있었다기보다는 자연
스러운 흐름에 따라 그렇게 됐을 것이라고 생각한다. 당시에는 완기
와 연락이 꽤나 뜸했기 때문에 정확히 알 수는 없지만 말이다. 그러다
완기와 다시 가까워진 것은 그로부터 한참 뒤인 스물한 살 때였다.

　당시 나는 대학에 재학 중이었고, 완기는 휴학을 하고 입대한 상태
였다. 고등학교 때부터 이어진 공백으로 인해 완기를 잊고 살던 어느
날, 아주 뜬금없이 그에게 전화가 걸려왔다.

완기는 우선 내게 거듭 사과했다. 자신의 필요 때문에 갑자기 나를 찾은 것처럼 보일까 봐 미안하다는 것이 이유였다. 그만큼 중학교 이후로는 나와 완기 사이의 연락이 뜸했던 것이다. 나는 괜찮다고 말했다. 앞서 말했듯이 상대와 연락이 뜸해졌다고 그에 대한 감정마저 뜸해지지는 않는다. 연락이 뜸해졌을지언정 그는 여전히 내가 아끼는 친구였다.

그러고 나니 완기는 마음이 좀 편해졌는지 이렇게 연락하게 된 이유를 말해줬다. 자신의 꿈이 정해졌는데, 그로 인해 흥분을 주체할 수 없어 누구에게라도 털어놓고 싶었다는 것이다. 하지만 자신의 주변에는 꿈을 이루며 살아가는 친구들보단 세상의 기준에 따라 현실과 타협하며 살아가는 친구들이 대부분이기에 그런 이야기를 나누기가 좀 꺼려졌다고 했다. 그래서 생각난 게 바로 나였다고 한다. 나는 내심 기뻤다.

내가 완기에게 느끼는 마음의 온도가 변하지 않았다고 해서 완기

또한 그렇다는 것을 의미하지는 않는다. 하지만 여전히 내가 완기에게 어떤 순간에 떠올릴 수 있는 존재로 남아 있었다는 것. 그렇기에 나는 완기가 필요에 의해 나를 찾은 것 같다고 미안해함에도 불구하고 전혀 개의치 않고 내가 할 수 있는 최선을 다해 조언해줬다.

생에 처음으로 자신이 하고 싶은 일을 알게 됐고, 그것을 하겠다고 마음먹어 들뜬 친구는 다른 의미에서 사랑스러웠다. 보는 나마저 행복에 물들 만큼.

그 뒤로 완기가 순탄하게 자신의 꿈을 이뤄간 것은 아니다. 중간에 부모님의 반대에 막혀 공무원 시험을 준비해야만 했고, 갈 길을 잃기도 했으며, 다시 그 꿈을 이루고자 했을 때에 스스로 한계에 부딪혀 편입을 준비하기도 했다.

공무원 시험은 준비하던 중 도저히 자신의 꿈을 포기할 수 없어서 생애 처음으로 부모님에게 대항하며 그만두었고, 편입 시험은 자신의 꿈을 위한다는 마음으로 일 년 동안 열심히 달렸지만 결과가 썩 좋지 않았다.

완기가 편입 시험 준비를 할 때는 거의 일 년 동안 그를 보지 못했다. 한 달에 한 번 볼까 말까 한 정도였다. 완기가 군 제대 후 서울에 살게 되면서 한동안 나와는 거의 붙어 다니다시피 자주 보는 사이였는데도 불구하고 말이다.

꿈을 향해 가기 위해서 그렇게 좋아하는 멋 부리는 일도, 좋아하는 친구들을 만나는 일도 포기하고 살던 완기의 편입 시험이 드디어 끝났다. 일 년 동안 고생했다는 말을 하기도 무색할 만큼 완기는 시험이 끝났다는 기쁨보다 결과가 좋지 못할까 봐 두려움에 휩싸여 있었다. 그런 완기에게 내가 해주고 싶은 말은 명확했다. 수고했다거나, 좋은 결과가 나올 거라는 어정쩡한 위로의 말이 아니었다.

"완기야. 너는 지금까지 입시를 위해 시간을 보냈기 때문에 시험 결과가 좋아야 너의 성공을 입증할 수 있다고 생각할 거야. 물론 편입에 성공하는 건 명백하게 입시의 성공이겠지. 하지만 나는 네가 맨 처음 편입 시험을 준비할 때 걱정이 앞섰어. 공무원 시험을 준비하던

때처럼 그저 적당히 노력하다가 지칠 때쯤 도망쳐버리는 사람은 아닐까 하고. 하지만 너에게 편입은 그저 입시를 위한 것이 아니라, 네 꿈을 이루기 위한 발판이었잖아. 그렇기 때문에 체력이 바닥을 기어도, 더는 쥐어짤 것이 없을 만큼 심력을 소진했을 때에도 그 끈을 놓지 않았잖아. 오직 꿈을 위해서.

나는 애초에 꿈을 이루는 것은 체력이나 심력으로 하는 일이 아니라, 상상력으로 하는 거라고 생각해. 그 꿈을 이뤘을 때의 나를 상상하는 것. 상상에서 나오는 힘. 상상력. 그 모습의 나를 간절하게 그리는 것. 나는 네가 지금까지 보낸 일 년이 성공했다고 생각해. 그건 입시에서의 성공이 아니라, 네가 꿈을 향해서 달려가는 순간엔 그 무엇이든 견딜 수 있는 힘을 가진 사람이라는 걸 알았기 때문이야."

당장 눈앞의 결과에 눈이 멀면 우리는 진짜 가슴속에 얻은 걸 볼 수 없다. 눈에 보이는 결과물은 뚜렷하지만, 삶을 바꾸기엔 어렵다. 가슴속에 남은 것들은 눈에 보이지는 않지만 명백하게 자신을 바꿀 수 있다. 사실 우리를 지탱해온 것은 학력이나 지위, 물질적인 것처럼 눈에 보이는 것이 아니라 눈으로 볼 수도 만질 수도 없는, 가슴속에 있는 그 어떤 것들이지 않았나.

매일이 괜찮은 척하는 날들의 연속.

그 척이 쌓여서 정말 괜찮은 날이 되기를 바라는 작은 바람.

오늘 하루 조금 더 평온하기를.
적어도 조금씩 나아지는 날들이기를.

──────   갑과 을

　　　　　불행한 일이지만, 인간관계에서는 늘 갑과 을이
정해지기 마련이다.

　사람의 마음은 마음먹은 대로 조절할 수 있는 것이 아니기 때문에
아무리 노력해도 상대와 마음의 크기가 같을 수는 없다. 그래서 갑과
을이 형성되고 마는 것이다.

　바로 이 지점에서부터 후회할 일들이 생긴다. 인간은 감정적인 동
물이라 아무리 노력에 노력을 더해도 실수를 하게 된다. 상대방에게
더 사랑받고 있다고 느끼는 사람이 '갑의 횡포'를 저지르게 되는 것
이다. 더 많이 사랑받음에 감사하기보다는 자신의 자존심에 금이 갔
다거나, 상대방의 마음에 오만해져서 벌이는 '갑의 횡포'는 필연적으
로 후회로 이어진다.

　사회적 관계에서 갑을 관계는 대개 상황이 바뀌지 않는 한 뒤집히
지 않는다. 하지만 마음은 그렇지 않다. 지금 내가 더 많은 사랑을 받

고 있다고 느껴도, 상대가 마음을 돌려버리면 그걸로 끝인 것이다.

　인간관계에서는 영원한 갑도 을도 없다. 더 사랑받고 있다면 사랑받음에 감사할 줄 알아야 하고, 더 큰 사랑을 주고 있다면 더 큰 사랑을 줄 수 있음에 감사할 줄 알아야 한다. 알량한 자존심 때문에 상대방의 마음을 저버리고 나면 나에게 남는 것은 후회, 그 이상도 이하도 아니게 된다.

　무언가를 가지고 있을 때는 그것의 소중함을 정확히 알 수 없다. 그저 얼마나 소중한지 짐작할 뿐이다. 그러기에 그것을 잃고 난 뒤에야 뼈저리게 후회하는 것이다.

　그것이 무엇이든
　당신이 생각하는 것보다 더 소중하다.
　잡고 있을 때 놓지 말아야 한다.

나보다 소중한 것은 없다

　　　　　누군가에게 상처 주지 않기 위해 지나치게 조심
스러운 나머지, 자신이 상처받는 것에는 무심한 사람이 있다. 자신이
상처투성이가 되어도 상대방에게 상처주지 않는 일에만 주의를 기
울이면서 정작 스스로는 돌아보지 않는 것이다.

　너는 그 어떤 타인보다 소중하다. 상처를 주지 않는 것도 중요하지
만, 정말 중요한 것은 다른 누구도 아닌 네가 상처받지 않는 것이다.
세상 모두가 너에게 등을 돌려도 너는 언제까지나 자기 자신의 편에
서야 한다.

연약함

이 세상에 그 누구도 남에게 상처 줄 수 있는 권리는 없고, 상처를 받아 마땅한 사람도 없다.

남에게 상처 주는 일에 익숙한 사람을 멀리해라.
너의 연약함은 보호받아야 할 대상이지,
네가 견뎌내야 하는 고단함이 아니다.

자존감이 낮은 사람들을 위한 현실적인 조언

1. 슬픔은 영원하지 않다. 반드시 지나간다. 지금 겪고 있는 고통이 영원할 것 같겠지만 모든 것은 지나가기 위해 오는 법. 필요한 건 그저 약간의 시간일 뿐이다.

2. 타인의 평판에 집착하지 마라. 아무리 올곧게 살아가려 노력해도 절대로 타인의 이유 없는 미움을 피할 수는 없다. 누군가의 평판에 연연하지 않을 만큼 자신을 먼저 사랑하라.

3. 때론 이기적이어도 괜찮다. 남을 배려한다는 건 참 멋진 일이지만 과하면 결국 자신을 전혀 배려하지 않는 상황이 된다. 남보다 나 자신과 먼저 더 친밀해져야 하는 법. 나의 가장 좋은 친구는 결국 나 자신이다.

4. 슬픔은 언제나 있다. 지금 이 슬픔이 지나가면 분명 행복이 찾아오겠지만 그 뒤엔 또 다른 슬픔이 찾아오기 마련이다. 인생엔 쳇바퀴 굴러가듯 슬픔과 기쁨이 반복된다는 사실을 인정하고, 나

에게 찾아온 슬픔을 부정해서는 안 된다.

5. 힘든 시기에 그것을 외면하거나 잊으려고만 애쓰지 마라. 슬프고 우울할 때 친구들과 술을 마시는 것도, 시끄러운 음악을 들으며 모든 것을 잊는 것도 좋지만 그저 홀로 머물러 응시하며 슬픔의 정체를 파악하는 것도 중요하다. 자기 자신과의 끝없는 대화를 통해 진정 내가 원하는 것이 무엇인지 찾을 수 있어야 한다.

6. 인간관계에 너무 많은 의미부여를 하지 마라. 나 자신도 다 알지 못하는데, 남을 온전히 알기란 더욱 불가능하다. 정작 인간관계에서 오는 고통의 대부분은 남의 마음을 알기 위해 하는 심력 소모에서 온다.

7. 소통하라. 무엇이든 고인 것은 썩기 마련이다. 자신을 자신만의 생각 속에 가두지 마라. 남과 소통하고 대화하는 과정이야말로 진정한 치유 그 자체이다.

8. 타인을 비난하지 마라. 순간적인 화풀이는 될지 모르겠지만, 결국 돌아오는 것은 초라한 자신의 모습일 뿐이다. 남을 비난하고 질타하며 너라는 인간을 표현하기보다는 남에게 베풀고 나누었을 때 자존감은 높아지기 마련이다.

9. 인연의 끝이 보일 때엔 보내주어라. 모든 것은 시간이 지나면 의미가 퇴색되고 내 삶에서 떠날 때가 오기 마련이다. 그것이 물건이든 사람이든 사랑이든. 인연 또한 언젠가는 끝이 있는 법. 당신이 아픈 이유는 모든 인연을 이어가려고만 하기 때문이다.

10. 힐링보다 중요한 건 상처받았을 때 어떻게 이겨내느냐이다. 상처받을 때마다 남에게 위로받는 것에 의존하면 결국 당신은 남에게 의존해서만 살아갈 수 있는 나약한 사람이 될 뿐이다. 상처를 스스로 견디는 법을 배워라. 그것이 당신을 강하게 만들 것이다.

속 좁은 진실함

흔히들 '속이 좁다.'라고 표현하면 옹졸하거나, 졸렬하다는 의미로 받아들인다. 대범하지 못하고 용기가 없는 등 온갖 안 좋은 의미를 다 가지고 있는 듯한 말이 바로 '속이 좁다.'이다. 하지만 내 생각은 다르다. 때로는 속 좁음이 필요한 순간도 분명 있다. 바로 마음을 전할 때이다.

속이 넓은 사람들은 대개 자신의 마음을 잘 털어놓지 않는다. 그들은 마음속 공간이 넓기 때문에 이런저런 감정들을 담아놓는 일에 익숙하다. 그래서 그들은 화가 나도 그 화를 표현하기보다는 가슴 안에 묵혀두곤 한다. 그것은 그들의 장점이기도 하다. 화를 참으로써 언쟁을 피할 수도 있고, 상황을 침착하게 마주함으로써 더 신중해질 수 있기 때문이다. 하지만 도리어 마음을 드러내야 하는 순간에 상대방에게 마음을 제대로 전하지 못하는 경우도 있다. 그들은 감정이나 마음을 묵혀두는 것에 더욱 익숙하기 때문이다.

사랑을 시작할 때 제일 중요한 것은 다름 아닌 마음을 전하는 일이다. 물론 서로가 서로의 마음에 들어가는 것도, 서로를 알아가는 것도 중요하지만 그 모든 것에도 불구하고 애초에 마음이 전해지지 않으면 사랑이 시작될 수 없다. 그런데 마음이 넓은 사람들은 과하게 감정을 담아놓는다. 마음의 공간이 넓기에 마음을 담아두는 것이 힘들지 않기 때문이다. 어떤 감정이 들어도 천천히 오래, 그것을 가지고 지켜보는 것이다. 그것이 무작정 나쁘다고 말하긴 어렵지만, 사랑이라는 것은 혼자 하는 것이 아니라 둘이 함께 시작하는 것이 아니었던가. 그러기에 혼자서 마음을 간직하기보다는 마음을 전달해야 한다는 것이다. 마음을 전하고, 상대방이 그 마음을 알고, 서로 어떻게 관계를 발전시켜갈지 함께 생각하기 위해서.

그런 이유로 사랑을 시작할 때엔 속이 좁아야 한다는 것이다. 마음을 너무 오래 간직해선 안 된다. 급해서는 안 되지만, 차라리 오래 간직하는 것보단 낫다. 그것이 실패하든 성공하든 우선 마음을 전하는 것이 중요하다. 마음을 오래 간직한다고 해서 실패할 고백이 성공할 것으로 바뀌진 않는다. 그리고 실패했다고 하더라도, 일단 감정을 전달했으니 다시 도전할지 혹은 포기할지 그저 스스로 선택하면 된다. 사랑이란 함께할 때엔 오래될수록 더 진한 향을 내지만, 혼자만 간직할 때엔 오래될수록 그저 케케묵을 뿐이다.

그러기에 마음을 우선 전하자. 사랑할 때엔 속을 너무 넓게 가지지 말자. 속이 좁아 이 마음을 간직할 여유가 없다고, 어서 표현해야 한다고 조급하게 굴어보자. 그렇다면 그 속 좁음은 상대에게 더 이상 옹졸함이 아니라, 자신을 전부 보여주는 솔직함이라는 장점이 될 테니까.

만약 우리가 비슷한 외로움을 공유한다면

왜 안 주무십니까. 당신의 밤은 오늘도 외로우십니까. 나는 사실 외롭다고 울면서도 외로움을 떨치지 못하는 인간입니다. 술 때문에 모든 걸 잃고도 술을 끊지 못하는 처지와 같지 않습니까. 당신의 밤은 무엇으로 가득합니까. 외로움입니까. 그리움입니까. 아니면 잃기 위해 마시는 술과 같습니까.

당신의 이야기를 듣고 싶습니다.

너는 사랑을 잘못 배웠다

2018년 3월 31일 초판 1쇄 | 2019년 5월 29일 10쇄 발행

지은이·김해찬

펴낸이·김상현, 최세현
책임편집·김새미나

마케팅·김명래, 권금숙, 양봉호, 임지윤, 최의범, 조히라, 유미정
경영지원·김현우, 강신우 | 해외기획·우정민
펴낸곳·시드앤피드 | 출판신고·2006년 9월 25일 제406-2006-000210호
주소·경기도 파주시 회동길 174 파주출판도시
전화·031-960-4800 | 팩스·031-960-4806 | 이메일·info@smpk.kr

ISBN 978-89-6570-689-2(03810)

쌤앤파커스(Sam&Parkers)는 독자 여러분의 책에 관한 아이디어와 원고 투고를 설레는 마음으로 기다리
고 있습니다. 책으로 엮기를 원하는 아이디어가 있으신 분은 이메일 book@smpk.kr로 간단한 개요와 취
지, 연락처 등을 보내주세요. 머뭇거리지 말고 문을 두드리세요. 길이 열립니다.